संघर्ष कभी असफल नहीं होता

प्यार और संघर्ष की अनोखी कहानी

जानवी

Copyright © Janvi
All Rights Reserved.

ISBN 978-1-63957-360-8

This book has been published with all efforts taken to make the material error-free after the consent of the author. However, the author and the publisher do not assume and hereby disclaim any liability to any party for any loss, damage, or disruption caused by errors or omissions, whether such errors or omissions result from negligence, accident, or any other cause.

While every effort has been made to avoid any mistake or omission, this publication is being sold on the condition and understanding that neither the author nor the publishers or printers would be liable in any manner to any person by reason of any mistake or omission in this publication or for any action taken or omitted to be taken or advice rendered or accepted on the basis of this work. For any defect in printing or binding the publishers will be liable only to replace the defective copy by another copy of this work then available.

फिनिक्स पक्षी हैं इस से मुझे कभी हर ना माने कि सीख मिलती है।

क्रम-सूची

भूमिका	vii
1. सरकारी नौकरी	1
2. प्यार कि शुरूआत	6
3. शेर के गले में घंटी	16
4. सरकारी नौकरी छोड़ना	20
5. आगे क्या होगा	23
6. व्यापार में घाटा	25
7. कोर्ट मैरिज	31
8. संघर्ष	34
9. अब शादी होगी ?	41
शुक्रिया	43

• v •

भूमिका

यह किताब मैंने को इसलिए लिखी ताकि लोगों को पता चले कि प्यार सिर्फ वही नहीं होता है जो कि बताया जाता है प्यार वह भी होता है जिस की परिभाषा हर कहानी के साथ बदल सकती है हर संघर्ष के साथ बदल सकती है और जरूरी नहीं कि प्यार में पाना ही सब कुछ हो कभी कभार कुछ देर के लिए उसे खोना भी जरूरी हो जाता है ताकि पता चले कि उसकी जरूरत और उसकी महत्वता जिंदगी में क्या थी। प्यार एक ऐसी चीज है जो हालातों के साथ नहीं बदलना चाहिए चाहे वह प्यार किसी भी तरह का हो वह प्यार मां-बाप से हो भाई बहन से हो रिश्तेदारों से हो या अपने प्यार अपने पति अपनी पत्नी अपने बच्चों से हालातों पर निर्भर प्यार प्यार नहीं होता है समझौता होता है। जो वक्त के साथ तोड़ा या कम भी किया जा सकता है इसलिए सच्चे प्यार को पहचाने और उसे पाने के लिए कितने संघर्ष किए जा सकते हैं उनमें से एक है यह कहानी

यह किताब मैंने हिंदी में इसलिए लिखिए ताकि मेरी कहानी में जो लोग आए वह भी इसे पढ़ सकें उनमें से बहुत लोगों को इंग्लिश नहीं आती इसलिए यह मैंने हिंदी में लिखें । घर-घर तक यह कहानी पहुंचे इस उम्मीद से मैंने कहानी हिंदी में लिखी है आज भी भारत में हर इंसान हर घर में इंग्लिश नहीं बोली जाती हर राज्य में अलग भाषा होती है पर हिंदी और इंग्लिश यह दो भाषाएं ऐसी हैं जिसमें से हिंदी ज्यादातर भारतीयों द्वारा बोली जाती है इसलिए यह कहानी मैंने हिंदी में लिखें ताकि लोग इसे अपने से जोडकर पढ़ सके और समझ सके।

1
सरकारी नौकरी

यह बात है 2008 की जब मैंने अपना हाई स्कूल पास किया और बचपन से एक बड़ा ऑफिसर बनने का जो सपना देखा था उसे पूरा करने के लिए क्या-क्या किया जा सकता है। कैसे कैसे किया जा सकता है और क्या-क्या करना चाहिए इन सब की लिस्ट बनाने के लिए मैंने लोगों से बात करना शुरू किया क्योंकि घर में किसी को पता नहीं था की करना क्या है जब भी कुछ दोस्तों से बात करने पर पता चला कि इंटरनेट से काफी कुछ पता चल सकता है पर ना तो उस वक्त फोन था और ना ही घर में कंप्यूटर इसलिए पापा की मदद ली और एक अच्छे से कंप्यूटर इंस्टिट्यूट में एडमिशन ले लिया और वहां जाकर अपने टीचर को बताया कि मुझे इंटरनेट और कंप्यूटर में कोई दिलचस्पी नहीं है मुझे सिर्फ अच्छी सरकारी जॉब कैसे मिला सकती हैं यह जानना है तब उन्होंने कहा कंप्यूटर भी सीखना जरूरी है उन से पता चला कि इंटरनेट से यूपीएससी में आने वाले एक टॉपिक करंट अफेयर्स और हिस्ट्री के बारे में काफी कुछ जाना जा सकता है यह नया था और इंटरेस्टिंग भी धीरे धीरे कंप्यूटर से दोस्ती हो गई मैंने कॉलेज के फॉर्म भर दिए और दिल्ली विश्वविद्यालय में एडमिशन भी ले लिया जैसे कि मुझे सरकारी नौकरी की तैयारी करनी थी मैं रेगुलर कॉलेज नहीं जा सकती थी। इसलिए डिस्टेंस से ग्रेजुएशन किया साथ साथ इंग्लिश और मैथ्स में अपनी पकड़ अच्छी की।

अब आप सोच रहे होंगे इस सब में परेशानियां कहां है?

परेशानियों के बारे में बातें करके अक्सर मैं खुद परेशान हो जाती हूं। इसलिए उनके बारे में थोड़ा कम बात करना पसंद करती हूं। परेशानियां मेरी लाइफ का सबसे अच्छा महत्वपूर्ण भाग है क्योंकि बिना परेशानी के मेरा कोई काम नहीं होता। और कुछ नही तो एक गलती में रोज कर ही देती थी ताकि चपाल हवा को चीरते हुए मुझे याद दिला दे आज क्या गलती की है मेरी प्यारी मां मुझ से इतना प्यार जो करती है वैसे में कहा उनके हाथ आती थीं तो ये बेस्ट तरीका था।(हस्ते हुए) हहहाहाहा।

सबसे बड़ी परेशानी मेरा गणित (मैथ्स) जो कि बहुत खराब था उसके बाद इंग्लिश बोलनी नहीं आती थी लिखने और पढ़ने तो आती थी पर अगर कोई बोल दे कि चलो इंग्लिश में बात करें तो समझ आता था मिडिल क्लास फैमिली से होना कोई छोटी मोटी बात नहीं है उसके फायदे और नुकसान दोनों है इंडिया में खासकर नॉर्थ इंडिया में 60% मिडिल क्लास फैमिली के बच्चों को यह सबसे बड़ी परेशानी होती है क्यों उनको इंग्लिश लिखने और पढ़ने तो आ जाती है पर बोलनी नहीं आती इसलिए कंप्यूटर्स के साथ-साथ मैंने इंग्लिश बोलने पर भी ध्यान दिया और अपने सबसे अच्छी और पसंदीदा टीचर से मैथ्स की क्लासेस लेने लगी।

अब जिंदगी कुछ इस तरह थी सुबह कंप्यूटर क्लास उसके बाद मैथ की क्लास कुछ टाइम मिला तो खाना खा लिया और फिर ग्रेजुएशन की पढ़ाई करने बैठ गए उसके बाद यूपीएससी की तैयारी पूरा दिन ऐसे ही निकाल कर रहा था महीने फिर साल पाता ही नही चला भुल गई दोस्तों से मिलना जुलना छोड़ दिया फैमिली फंक्शंस में जाना छोड़ दिया अब तो नए लोगों से मिलने में भी सर दर्द लगता था। ऐसा लगने लगा कि कब यह सब मुझसे दूर चले जाए और मैं पढ़ने बैठ जाऊ। मुझे उसी में मजा आता था जिंदगी ऐसे ही चलती रही फाइनली मैं ग्रेजुएट हो गई।

मैंने यूपीएससी के एग्जाम के लिए फॉर्म भरे एग्जाम दिए पर क्लियर नहीं हुआ। दिल किया घंटों तक बैठ के पहले रो लू पर फिर मजाक में टीचर्स ने समझाया ऐसा होता है पहली बार में हर कोई क्लियर नहीं कर पाता पर कोशिश करो हो जाएगा फिर मैंने सेकंड टाइम फॉर्म भरा और पेपर दिया पर इस बार भी क्लियर नहीं हुआ.

फिर मैंने सोचा कि ये मुझ से नही होगा और किताबें उठाकर अलमारी में रख दिए 2 हफ्ते की छुट्टी ली और नानी के पास चली गई कुछ दिन वहां रही और बहुत अच्छे से बीमार होने के बाद वापस आ गई वापस आकर फिर से एक बार फॉर्म भर दिया और सोचा एक बार और ट्राई कर लेती हु और तैयारी करके फिर से एग्जाम दिया।

पर इस पर कुछ अलग हुआ इस बार दिल में फेल होने का डर नहीं था यह डर नहीं था की अगर नहीं हुआ तो क्या होगा अरे ज्यादा से ज्यादा क्या होगा फिर से एग्जाम दे देंगे वैसे भी 6 बार दे सकते हैं तीन बार दे दिया है तीन बार और दे देंगे यह सोच कर खुश होकर पेपर दिया और घर वापिस आ गई। अब मैं सोचने लगी कि अगर पेपर नहीं क्लियर हुआ तो क्या क्या कर सकते हैं ग्रेजुएशन कर ली है चलो टीचर ही बन जाएंगे ऐसे ही चीजें सोचने और इन सब के बारे में कि क्या-क्या सरकारी जॉब की जा सकती है और उनके बारे में पड़ने लगी कुछ दिन बाद पता चला कि रिजल्ट आने वाला है उम्मीद तो नहीं थी पर फिर भी सुबह नहा धोकर तैयार होकर पूजा करके मैंने फोन मिला दिया और अपना रोल नंबर साइबर कैफे वाले भैया को बताया और उस साइड से जो आवाज सुनी उसे सुनकर पहले मुझे ऐसा लगा जैसे किसी ने मेरे सर पर मारा है और पूरा शरीर सुन पड़ गया पता ही नहीं चला कि मुझे खुश होना है कि मुझे रोना है या क्या करूं पहले 1 मिनट बाद मैंने उनसे फिर से देखने के लिए कहा और उन्होंने बड़े ईमानदारी से दोबारा देख कर मुझे बताया कि जो उन्होंने पहले कहा था वह सही है

उन्होंने बड़े ही साफ शब्दों में दोबारा मुझसे कहा जी हां आपका पेपर क्लियर हो गया है और आप पहले एग्जाम में पास हो गई हैं जब मैंने यह बात घर पर बताएं तो जैसे कि आज ही दिवाली है लग रहा था। सब खुश थे मिठाई आ गई पर लोगों को नहीं बताया क्योंकि हम थोड़े से अंधविश्वासी और सबको लगता है कि ऐसे नजर लग जाएगी और आगे जो पेपर देना है वह क्या पता पास ना हो इसलिए इस खुशी को दिल में लिए अंदर ही अंदर खुश होकर मैंने अगले पेपर की तैयारी शुरू कर दी।

वह दिन आ गया आज मेन(Main) एग्जाम देना था तैयारी पूरी थी पर डर भी लग रहा था यह पास नहीं हुआ तो इतने सालों की तैयारी

खराब हो गई तो।फिर मम्मी कि कहीं एक बात याद आ गई कर्म करो फल की चिंता मत करो बस फिर क्या था क्लास में जाकर बैठ गए और एग्जाम होने लगा इतने कम टाइम में उन सवालों से ज्यादा और उनसे अलग कुछ सोचना संभव ही नहीं है इसलिए जो आता था जैसा आता था जितना आता था सब के जवाब दे दी और चुपचाप पेपर पूरा करके मैं बाहर आ गई बाहर पापा खड़े थे हर एग्जाम में उनकी ड्यूटी थी मुझे एग्जाम हॉल तक ले जाना और लेकर आना जाते टाइम मुझे यह समझाना की पेपर देते वक्त मुझे और कुछ सोचना नहीं है और आते वक्त यह पूछना कि पेपर कैसे गया और कभी कभी जब पेपर अच्छा जाता था अब वह पेपर ग्रेजुएशन का हो या यूपीएससी का या कोई कंप्यूटर का नार्मल सा कोर्स का पेपर ही क्यों ना हों अगर अच्छा गया तो छोले नान खाने को मिलते थे और सख्त हिदायत भी मिलती थी कि यह बात घर पर नहीं पता चलनी चाहिए नहीं तो अगली बार नहीं खिलाए जाएंगे। अब हमें प्रॉब्लम क्या थी हम क्यों घर बताएंगे पेपर अच्छा गया इस खुशी में हम भी मजे लेते थे अब आप सोच रहे होंगे यह मेरी लैंग्वेज(भाषा) में मैं से हम कैसे आ गया यह असर था किसी और का पर उस पर हम बाद में आएंगे अभी हम मेन एग्जाम की बात करते हैं जो मैं अभी दे कर आई थी अब उसके रिजल्ट का इंतजार हो रहा था।

कुछ दिनों के इंतजार के बाद वो दिन भी आ ही गया।और हम बता दे हम खुद हुए (तेजी से हस्ते हुए) हम ने एग्जाम पास कर लिया बहुत खुशी हुई कि एक और सीढ़ी ऊपर चले गए एक और परीक्षा पास कर ली अब लगता था अब तो अधिकारी बन ही गए समझो ।

अब इंतजार था इंटरव्यू के लेटर का जोकि लास्ट परीक्षा थी उसके बाद सीधा सरकारी कमरा कुछ दिन के इंतजार के बाद वह लेटर भी आ गया अच्छा लेटर मिलने की एक अनोखी ही कहानी है जब लेटर आया मम्मी कुछ काम कर रही थी तो मम्मी ने घर की कामवाली से लेटर को टेबल पर रखने को कहा पर टेबल पर लेटर रखने की जगह कामवाली ने उसे सोफे पर रखती है और इत्तेफाक से उसके ऊपर किसी ने तकिया रख दिया अब लेटर तो आ गया और काम करते-करते मम्मी भी भूल गई कि लेटर आ गया है 2 दिन बाद जब वह तकिया उठाया गया जब पता

चला की इंटरव्यू के लेटर आ गया है इन 2 दिन में उस लेटर को हर जगह ढूंढा गया क्योंकि मम्मी को यह तो याद आ गया कि लेटर आ गया है पर लेटर आया किसके लिए उसमें था क्या यह उन्हें पता ही नहीं था और वह गया कहां यह भी नहीं पता था फाइनली 2 दिन तक ढूंढने के बाद लेटर मिल गया डेट पता चली इंटरव्यू की तैयारी शुरू हो गई डेमो इंटरव्यू होने लगे। कभी-कभी मजाक में ऐसे सवाल पूछे गए जिनके जवाब बहुत सोच कर देने पड़ते थे और मजाक मजाक में वक्त बीता गया इंटरव्यू का दिन आ गया इंटरव्यू देने हम दही चीनी खा कर गए।

इंटरव्यू रूम:

4 लोग सामने उनके सामने एक कुर्सी जिस पर मुझे बैठना था।

पैर सुन थे।

पसीना ऊपर से नीचे तक।

दिमाग खराब।

पहले सवाल का कोई जवाब नहीं दिया।

फिर धिरे धिरे डर निकला और जवाब दिया।सब कुछ अच्छा रहा इंटरव्यू हो गया।

अब आप सोच रहे होंगे एग्जाम हो गए इंटरव्यू हो गया अब तो नौकरी पक्की। नहीं अभी ट्रेनिंग भी थी वह भी करनी बहुत जरूरी थी ट्रेनिंग की और फाइनली जॉइनिंग हो गई और जॉइनिंग कहां हुई कैसे हुई और यह नौकरी जो इतनी मुश्किल से लगी इतनी मेहनत से लगी यह मैंने कितने दिन के बाद छोड़ दी थी यह जानने के लिए साथ चलें मेरे सफ़र पर। चालिए :).

2

प्यार कि शुरूआत

पहले चैप्टर में आपने देखा कि मैंने बहुत मेहनत की दिन नहीं महीना नहीं बल्कि सालों मेहनत की जब जा कर मैंने देश में सबसे अच्छी नौकरियों में आने वाली नौकरी प्राप्त की बहुत कुछ खोया दोस्तों को साथ उनके साथ करनी थी जो मस्ती रिश्तेदारों से बात करना उनके साथ पारिवारिक समारोह पर मिलना सब कुछ छोड़ चुकी थी पर अब वो कहते हैं ना (Night's pay off one day) अब वक्त आ चुका था मेरी जॉइनिंग से सब खुश थे जॉइनिंग मेरे शहर में मिल गई सब कुछ अच्छा जा रहा था।

एक दिन सुबह पापा ने बताया घर में पारिवारिक समारोह है तो टाइम से घर आना है मैने सब काम जल्दी खत्म किए और घर के लिए निकल गई और सोचिए वहाँ कौन मिला एक बहुत पुराना दोस्त हम दोनों ने एक ही स्कूल से पढ़ाई की थी मेरे पूछने पर पता चला की वो अब मेरी चचेरी बहन का देवर है मेरी बहन की सगाई थी वो लड़का उसका भाई है जिस से मेरी बहन की शादी होगी । चलो समारोह खत्म हुआ। फिर हम दोनो खाना खाते वक्त मिले बहुत सारी बातें हुई स्कूल में जो बच्चे साथ थे उनके बारे में पता चला कौन क्या कर रहा है किसकी शादी हो गई किसको कितने बच्चे हैं और ऐसी बातों बातों में उसने कहा कि तुम फेसबुक पर नहीं हो तो मैंने कहा मुझे वक्त ही नहीं मिला कि मैं फेसबुक या किसी भी और सोशल चीज के बारे में सोचू इसलिए मैंने

ज्वाइन नहीं किया तो उसने कहा सभी स्कूल के दोस्त फेसबुक पर हैं और हमारा ग्रुप भी है तुम्हें वक्त मिले तो फेसबुक पर मुझे रिक्वेस्ट भेज देना और वह अपना एक फेसबुक का एड्रेस लिख कर मुझे दे गया और बोल गया कि वह इंतजार करेगा रिक्वेस्ट का अब क्या था इंटरनेट चलाना आता था और मेहनत के बल पर ऊपर वाले की दया से एक मोबाइल भी मैंने ले लिया। ज्यादा अच्छा तो नहीं था पर ठीक-ठाक था उसमें फेसबुक पहले से था तो अकाउंट बनाना था अब अगर अकाउंट बनाएं तो बहुत बड़ी समस्या थी एक गवर्नमेंट ऑफिसर फेसबुक पर उस वक्त फेसबुक इतना चलन में नहीं था तो हमने किसी और नाम से आईडी बनाई नाम मेरा ही था बस घर में बोला जाता था और सारे दोस्तों को रिक्वेस्ट भेज दी। दोस्तों से बातें होने लगी अच्छा लगने लगा जॉब भी चल रही थी अच्छे अच्छे लोगों से मिलना होता था समाज के कई प्रतिष्ठित लोगों से जान पहचान हो गई थी वह लोग भी तारीफ करते थे। कम उम्र में अच्छी नौकरी मैंने प्राप्त की थी में खुश थी अचानक से घर में रिश्ते आने लगे पर शादी तो करनी ही नहीं थी शादी करनी थी तो लव मैरिज क्योंकि मुझे बंदिशे पसंद नहीं थी और अगर किसी इंसान से शादी होने के बाद मुझे बंदिशें मिलती तो शायद शादी ज्यादा दिन चल नहीं पाती फिर भी घर वालों के कहने पर मैंने कई लड़कों की फोटो देखी पर किसी से मिली नहीं क्योंकि मुझे कोई पसंद नहीं था पर मैंने सब से बात की फोन पर इतनी पढ़ाई करते करते इतने लोगों से मिलते मिलते इतनी तो मैच्योरिटी आ ही गई थी की कौन कैसा है फोन पर पता लग जाता था सोच कैसी है इंसान की।

मुझे एक ऐसा इंसान चाहिए था जो इंडिपेंडेंट हो जिसने सब कुछ खुद किया हो उसका सब कुछ अपना खुद का हो इसलिए मैंने मम्मी को कहा कि एक सेल्फ इंडिपेंडेंट लड़का ढूंढ और उसकी गवर्नमेंट जॉब जरूरी नहीं है क्योंकि एक गवर्नमेंट जॉब काफी है घर में अब मम्मी थोड़ा परेशान हो गई कि कैसे लड़का ढूंढे जो सेल्फ डिपेंड हो अच्छा कमाता हो और पसंद भी आ जाए ऐसे ही दिन बीते गए कुछ दिन बाद पापा को एक कॉल आई। कॉल उनके पुराने एक दोस्त के घर से आया था दोस्त फोन पर नहीं थे पर दोस्त के बेटे का कॉल था उसने पापा को बताया कि उनके

दोस्त अब इस दुनिया में नहीं रहे काफी साल पहले उनका देहांत हो गया पापा ने सुनकर अफसोस किया काफी बाते हुई और अन्त मे पापा ने उन से कहा कि जब भी हमारे शहर आना हो तो वह घर जरूर आए तो पलट कर उन्होंने कहा कि मैं अगले हफ्ते आने वाला हूं तो क्या मैं आपसे मिल सकता हूं पापा ने बड़े ही धीमी आवाज में कहा क्यों नहीं हालांकि पापा को इतना मेलजोल किसी से पसंद नहीं था उस टाइप की इंसान ही नहीं है जो ज्यादा लोगों से मिले जुले इसलिए उन्होंने हल्की आवाज में कहा जरूर जब भी आओ मुझे बता देना मैं एड्रेस भेज देता हूं मैने सब सुना भी और पापा ने भी बता दिया कि उनके कोई पुराने दोस्त है जो अब नहीं रहे उनके बेटे अगले हफ्ते किसी काम से आने वाले है मैने सुना और अपने काम में लग गई क्यू कि संडे को घर में आराम करना सख्त माना था आप कुछ भी क्यों न बन जाओ कुछ भी कर लो मम्मी आपको कभी भी चप्पलों से मार सकती है(हंसना मना है)।

मुझे वैसे भी कुछ दिन के लिए शहर से बाहर जाना था किसी काम से इसलिए जब उन्होंने कहा कि मैं अगले हफ्ते आने वाला हूं उस वक्त मैं शहर में नहीं रहती। मैने अवॉइड किया और निकल गई।

जनाब अपने किसी रिश्तेदार के बोलने पर किसी लड़की को देखने आए थे।

हीरो की एंट्री :

मुझे पक्का विश्वास है कहानी के अंत तक मेरे हीरो आपके भी हीरो बन जाएंगे तो हम लोग हीरो को जनाब कहेंगे क्युकी में प्यार से उनको वही बोलने वाली थी।

जनाब को पापा और भाई साहब लेने गए। पापा को पाता चला कि उनके दोस्त के दो बेटे हैं। जनाब घर आए और पापा को पता चला कि उनके दोस्त की कोई भी संपत्ति उनके बेटो ने नहीं ली है उनके किसी रिश्तेदार ने उनके साथ धोखा कर दिया माताजी पढ़ी-लिखी नहीं थी इसलिए सारी प्रॉपर्टी चली गई कैसे-कैसे करके पढ़ाई पूरी की और बची हुई पढ़ाई पूरी करने के लिए मुंबई चले गए। मुंबई में उन्होंने अपनी पढ़ाई पूरी की सिविल इंजीनियरिंग और उनके पिताजी के जो पुराने दोस्त थे उनसे प्रॉपर्टी का काम सीखने लगे कुछ साल काम सीखने के बाद

उन्होंने खुद का एक काम शुरू किया और पहला ही प्रोजेक्ट 200 करोड़ का शुरू किया एक पार्टनर के साथ लोगों को उन पर भरोसा था इसलिए उनको बहुत सपोर्ट मिला। 6 साल लगे उन्हें उस काम को पूरा करने में पर उन्होंने वह काम पूरा किया और अब सेटल होना चाहते थे इसलिए दिल्ली आए थे अपने किसी रिश्तेदार की बेटी से मिलने के लिए पापा ने यह सारी बातें की वह 3 दिन रुकने वाले थे उन्होंने कहा कि वह होटल में रुक जाएंगे पर मम्मी ने कहा कि होटल में रुकने की कोई जरूरत नहीं है काफी बड़ा घर है यहां रहो कुछ देर की बातचीत के बाद वो रूकने के लिए तैयार हो गए ।जनाब 3 दिन रहे लड़की देखी और जिस दिन जाने के लिए तैयार हो रहे थे उस दिन हम आ गए। हम घर पहुंचे तो देखा वो जाने के लिए तैयार हो रहे थे हम ने हेलो बोला और अपने रूम में चले गए। कुछ देर बाद जब फ्रेश हो कर नीचे आई तो मम्मी ने परिचिये कराया । मुझको बाहर जाना था काम से मैंने जल्दी से मिल कर बाहर जाने के लिए जैसे ही क़दम उठाया मम्मी ने कहा तुम क्यों नहीं छोड़ ने चली जाती वहाँ से फिर अपना काम करते हुए घर आजाना। मैंने कहा ठीक है और समान कार में रखने के लिए बोल दिया और हम घर से निकल गए। मुझको कॉल्स आती रहती थी इसलिए मैंने कार में उन से ज्यादा बाते नही की एयरपोर्ट पहुंचे तो पता चला कि खराब मौसम कि वजह से उनकी फ्लाइट कैंसिल हो गई हैं और दो दिन बाद कि न्यू टिकटें मिली है । इसलिए जब पता चला कि फ्लाइट कैंसिल हो गई तो हम उनको अपने साथ वापिस घर ले आए। हमारे बार-बार बोलने पर वह घर पर ही रुक गए दो दिन की बात और थी ।

रात में खाने पर उन से कुछ बाते हुई उन्होंने अपने काम के बारे में बताया और साथ कि साथ अगले दिन कुछ लोगों से मीटिंग भी रख ली। अगले दिन हम ने उन्हें अपने साथ चलने के लिए कहा क्योंकि उनको भी वही जाना था जहां हम जा रहे थे उनको शहर के कुछ प्रतिष्ठित लोगों से मिलना था हमने कहा हम आपको छोड़ देते हैं इसी बहाने कुछ बातें हो जाएंगी हम दोनों में काम की बातें होने लगी मुझे उनके बारे में इतना ज्यादा कुछ नहीं पता था पर जो डिपार्टमेंट मैं देखती थी उस डिपार्टमेंट से उनके सारे काम होते थे वो एक डेवलपर थे हमारे डिपार्टमेंट में प्रोजेक्ट

पास होते थे उन्होंने हमें अपने साथ लंच करने के लिए कहा और लंच पर ही हम उन लोगों से मिले जिन लोगों से उनकी मीटिंग थी उनके काम करने और बात करने का तरीका हमें बहुत पसंद आया सभी लोग जो उन से मिलने आए थे उनसे ज्यादा अनुभवी थे पर सभी उन से प्रभावित भी थे हम भी शहर के कुछ लोगों को जानते थे जो इस तरह के काम करते थे हमने कहा हम आपको उन से भी मिलाते है और अगले दिन हमने उन्हें कुछ लोगों से मिलाया जो शहर के प्रतिष्ठित लोग थे और INFRASTRUCTURE काम किया करते थे हमने उन्हें उनसे मिला दिया ताकि कभी उनको हमारे शहर में काम करना हो तो उनको मदद मिल सके। अगले दिन उनकी फ्लाइट थी सुबह-सुबह उन्होंने अपनी फ्लाइट ली और वापस मुंबई चले गए। हमें उनके अन्दर जो सबसे ज्यादा अच्छा लगा था वो था उनका मैथ्स बहुत ही बड़ी बड़ी कैलकुलेशन हमारे पापा की तरह मिंटो में कर रहे थे उनका मैथ्स का जो ज्ञान था हमें बहुत पसंद आया उनका बात करने का तरीका भी बहुत अलग था । अब वो चले गए जिंदगी फिर से उसी ट्रैक पर घर से ऑफिस ऑफिस से घर । एक दिन अचानक से उन्होंने मुझे मेरे सोशल मीडिया पर एक मैसेज किया आया ! हाउ आर यू ?(how are you) हालांकि नाम देखकर हम समझ गए थे कि मैसेज किसका आया है पर हमने जवाब नहीं दिया और साल बदल गया उनका मैसेज 29 दिसंबर को आया था और 2 दिन बाद साल बदल गया और फिर उन्होंने एक मैसेज किया हैप्पी न्यू ईयर हम पिछले साल मिले थे याद है और मुझे हंसी आ गई तो मैंने रिप्लाई कर दिया हां मुझे याद है कि मैं पिछले साल आप से मिली थी उन्होंने रिक्वेस्ट भेजी मैंने एक्सेप्ट कर ली और फिर बातें होने लगी। पर एक प्राब्लम थी वो नियमों के पक्के थे सुबह जल्दी उठने के लिए वो रात को अपना मोबाइल 8:00 बजे के बाद बंद कर देते थे और मैं 8:00 बजे के बाद फ्री होती थी तो जितनी बातें होती थी सुबह के टाइम कभी दोपहर में जो भी हो पाती थी फिर कभी कभी रात को किसी काम की बात करने के लिए उनका फोन आ जाता था नॉर्मल बात करके थोड़ी देर बातें होती फिर हम फोन रख देते थे कुछ दिन बाद घर में कुछ परिवारिक समारोह थे उस में बिजी होने की वजह से हमने कुछ दिन तक रिप्लाई नहीं किया

और एक मैसेज भेजने के बाद वह भी कुछ दिन के लिए विदेश चले गए जब विदेश से वापस आए तो उन्होंने देखा कि हमने कोई रिप्लाई नहीं किया तो उन्होंने हाल चाल पूछने के लिए हमें फोन किया । इत्तेफाक से उस दिन मीटिंग थी और फोन बाहर था हम ऑफिस में थे और किसी बड़े अधिकारी के साथ में मीटिंग में थे इसलिए फोन रिसेप्शन पर था दो-तीन बार कॉल के बाद रिसेप्शन पर मौजूद मैडम ने फोन उठाया और उन्होंने बताया कि हम एक मीटिंग में है और वहाँ पर्सनल फ़ोन प्रतिबंधित है हालांकि उनके पास हमारा प्रोफेशनल नंबर भी था पर जैसे कि मैंने कहा जनाब बहुत समझदार है मीटिंग खत्म हुई हम बाहर आए हमने देखा कि चार-पांच कॉल आई हुई है मैडम से बात हुई तो पता चला कि उन्होंने अर्जेंट बात करने के लिए कहा है। हमने उन्हें फोन किया कौन सा अर्जेंट काम था यह पूछने के लिए।तो पता चला उन्हें हमारी चिंता हो रही थी हमने उनसे यह कहकर फोन काट दिया कि हम अभी व्यस्त हैं और बाद में बात करेंगे हो सका तो दो-तीन दिन बाद आराम से बात करेंगे थोड़ा काम का प्रेशर था इसलिए हमने फोन रख दिया शुक्रवार था हमने सोचा हम संडे को आराम से बात करेंगे। संडे भी आ गया अजीब सी बेचैनी थी लागा हम इंतजार कर रहे थे हम सुबह सुबह उठकर बाहर जाने लगे तो पीछे से मम्मी ने कहा कि आज संडे है आज कहां जा रही हो हमने काम का बहाना लगाकर उनसे कहा कि खाना बनाकर रखें हम कुछ देर में आ रहे हैं यह बोलकर हमने गाड़ी की चाबी ली और निकल गए हमें खुद ही नहीं पता कि हमे कहां जाना था बस कही भी जहां शांति हो और हम जनाब से आराम से कुछ बाते कर सके। 10:00 बजे के आसपास फोन आया और दूसरी तरफ से सवाल था कि क्या कर रही हो मैंने कहा मैं किसी काम से बाहर आ गई हूं यह नहीं पता था कि काम क्या है शायद कॉल करने का या कॉल आने का इंतजार था और कॉल पर आराम से बात करने के लिए हम बाहर आ गए पर ये बता नहीं सकते इसलिए किसी और काम का बहाना देकर हमने बचने की कोशिश की और कहा कि हां बताइए उस दिन आपने कॉल कि थी बहुत अर्जेंट था क्या काम था उन्होंने कहा कुछ ज्यादा नहीं आज मैं आपके शहर में हूं किसी काम से आया हूं यही बताने के लिए मैं कॉल कर रहा था पर आपने बात पूरी

सुने बिना फोन काट दिया कहा कि संडे को बात करते हैं इसलिए मैंने भी दोबारा फोन नहीं किया। ऐसा लगा अंदर कुछ हुआ हल्की सी मुस्कान के बाद मैंने पूछा आप कहां है उन्होंने बताया कि वो एक होटल में रुके हुए है हमारे शहर का सबसे बड़ा होटल है हमने कहा कि हम वहां नहीं आ सकते क्योंकि आज संडे है और अभी कुछ दिन पहले हमने ज्वाइनिंग की अभी इस तरह से छुट्टी के दिन इतने बड़े होटल में मिलना हमे सही नहीं लगता बहुत कुछ सोचना पड़ता है जब आप सरकारी विभाग में किसी बड़ी पोस्ट पर हों। तो उन्होंने पलटकर कहा कि जहां हम बुलाएंगे वो वही आ जाएंगे उनको बस हमसे मिलना था शायद हम यही सुनना चाहते थे । हमने उन्हें अपने शहर की एक बहुत प्यारी और अच्छी जगह पर बुलाया 1 घंटे बाद मम्मी का फोन आया कि खाना बन गया है कहां है हमने कहा कि आप खाना रख दीजिए हम किसी काम में है दोपहर तक आ जाएंगे हम हैरान थे की जनाब से मिलने के लिए हमने झूठ क्यों बोला हमें बस उनसे मिलना था बातें करनी थी इसलिए हम भी जल्दी जल्दी वहां पहुंच गए हाथ तो पहले भी मिलाया था आज ना जाने हाथ मिलाने में अजीब सी घबराहट हो रही थी पर हम ने उनको पता नहीं चलने दिया कि हम क्या सोच रहे हैं फिर वही सब बातें काम की करंट अफेयर्स की कुछ बातें होने लगी दोपहर से शाम होने लगी पता ही नहीं चला फिर फोन आया इस बार हमने रात का खाना बनाने के लिए कहा और देखते ही देखते रात के 8:00 बज गए और अब हमें लगा कि हमें चलना चाहिए उन्होंने कहा कि कल मिल सकते हैं कुछ देर के लिए। क्योंकि कल शाम को वापस जाना है पर मेरी एक जरूरी मीटिंग थी कुछ देर सोच कर मुझे लगा कि उसे कैंसिल किया जा सकता है और मैंने मीटिंग कैंसिल कर दी उसके बाद हम दोनों एक म्यूजियम में गए क्योंकि मुझे कला से बहुत प्यार है इसलिए मुझे सबसे ज्यादा शांति वहीं मिलती है मैं कई बार घंटो तक बैठकर पेंटिंग्स देखा करती हूं आज भी मुझे घंटों तक बैठकर पेंटिंग देखना पसंद है इसलिए हम उस दिन वही गए और बातें होती रही फिर से वही बातें इधर-उधर की बहुत सारी बातें होती रही देखते देखते शाम होने लगी शाम को जब उनको एयरपोर्ट पर ड्रॉप किया आते वक्त ऐसा लगा जैसे कुछ अच्छा नहीं लग रहा पर पता नहीं था वह क्या था

कुछ अजीब सा लग रहा था जैसे कुछ जा रहा है नहीं जाना चाहिए रोक लूं क्या बोलूं समझ नहीं आया तो उनको बाय बोल कर मैं घर पर आ गई मैंने नहीं बताया कि जनाब आए थे आप लोग सोच रहे होंगे कि मैं बार-बार उन्हें जनाब कह रही हूं नाम नहीं ले रही हूं क्योंकि मुझे उनको जनाब बोलना ही पसंद था क्योंकि इसके पीछे भी एक खूबसूरत किस्सा है जोकि आपको आगे पता चलेगा। कुछ दिन बाद एक बचपन की दोस्त से मुलाकात हुई और बातों ही बातों में उसको यह सारी बातें बताई तो उस ने कहा कि शायद तुम्हें प्यार हो गया है मैं हैरान हो गई मुझे प्यार कैसे हो सकता है मैं तो बहुत प्रैक्टिकल हूं कुछ और लगा होगा मुझे प्यार होना इतना आसान नहीं था और मुझे कोई पसंद भी आ गया है यह मेरे लिए मान लेना थोड़ा मुश्किल था।मैंने इस बात को जाने दिया और कुछ दिन और निकल गए कुछ दिन बाद जनाब की कॉल आई की वो फिर हमारे शहर आ रहे हैं पर इस बार वो मुझसे मिलने आ रहे है थोड़ा सा तो हैरान होना लाजमी था मुझे कोई जवाब नहीं सूजा तो मैंने कहा कि मैं किसी काम से बाहर जा रही हूं और अवॉइड करते हुए जो कि मैं हमेशा करती हूं मैंने फोन रख दिया पर उनका मैसेज आया कि वो आ रहे हैं वक्त हो तो 5 मिनट के लिए मिलना जब तक मुझे यह तो पता चल चुका था कि कुछ तो हो गया है जोकि बताया नहीं जा सकता पर हो गया है पर बोलना जरूरी नहीं था इसलिए हमने उनको जवाब नही दिया और काम में लग गए। हम डर गए थे क्योंकि कभी ऐसा कुछ महसूस नहीं किया था हम कुछ अलग से तरीके से बताते है हो क्या रहा था।

" जनाब के फोन आने का इंतज़ार करने लगी थी,पर बताने से डर लगता था

उनके बारे मे सोच ने लागी थी पर बताने से डर लगता था, कभी कभी लगता था मैं पागल हो गई

हूं। उन से बात किए बिना नींद नहीं आती थी।

ये सब हों रहा था इसलिए मिलने से मना कर दिया। पर उन्होंने एक मैसेज भेजा और हमारे शहर आने के लिए निकल गए उन्होंने कहा या तो में मिलने आजाऊ या जहां भी मैं हूं वो खुद आ जाएंगे अजीब दुविधा में फस गई हम अब बहुत सोचने के बाद हमने उनको उनके होटल मे ही

रूकने को बोल कर खुद वहाँ जा कर उन से मिलने का फैसला किया।

हमें आज़ भी याद है 6 बजे थे शाम के हम होटल में गए वो सामने व्हाइट शर्ट और ब्लू कोट में बैठे हुऐ कुछ लिख रहे थे आपने फोन में। मैने पिछे से हैलो बोलते हुऐ उनके सामने जा कर बैठ गई।वो अचानक से उठे और मेरी तरफ अपना हाथ बढ़ाया हाथ मिलाने के लिए। मैने भी हाथ बढ़ाया और हाथ मिला लिया । जैसे ही मैंने हाथ उनके हाथों में दिया पूरी बॉडी में 440 वोल्ट का करंट दौड़ गया। मैने जल्दी से हाथ मिलाया और पीछे हो गई । मुझे पता था मेरी शकल पर मेरा डर मेरी घबराहट साफ नज़र आ रही हैं मैने पानी पिया और चुपचाप बैठ गई वहाँ इतना शोर था पर मुझे मेरे दिल की धड़कन साफ सुनाई दे रही थी जो कि कम से कम 140 थी। जनाब ने कुछ ऑर्डर करने को कहा मैंने जल्दी से मेन्यू उठाया और खाना ऑर्डर कर दिया टाईम वेस्ट करना मुझे अच्छे से आ गया था मैंने 20 मिनट लिए खाना ऑर्डर करने मे कुछ फालतू कि बाते कि इतने में खाना आ गया ।

मुझे खाना खाते वक्त बाते करना बिल्कुल पसंद नहीं था इसलिए हमने शान्ति से खाना खाया । खाना खाने के बाद मैंने जल्दी जाने की बात कि और वहां से निकल की कोशिश की पर उन्होंने कहा कुछ और बात करनी है मैंने जल्दी से करने को कहा और उन्होंने अपनी सारी फिलिंग डिटेल में मुझे बता दी। फिर क्या था मुझे कुछ नहीं समझ नहीं आया क्या करू और मैंने कहा मुझे ये सब नहीं सुनना आपको जो बात करनी है मेरे पापा से कीजिए और में ये बोल कर वहा से आ गई। मेरा पूरा शरीर जैसे लाल पड़ गया था मैं आकर कार में बैठ गई और ड्राइवर को घर चलने को कहा। घर पहुंचने से पहले फोन पर एक Text मैसेज आया उसमे लिखा था मतलब तुम्हारी तरफ़ से हाँ (yes) है। मैंने कोई रिप्लाई नहीं देने का ऑप्शन लिया और घर जा कर फ्रेश हो कर सो गई अभी मुझे नींद कि बहुत जरूरत थी ये सोचने के लिए कि अब क्या करना है ।

सो कर उठी तो देखा जनाब पापा के साथ गेस्ट रूम में बाते कर रहे है मैंरे तो जैसे पैरो के नीचे से जमीन निकल गई मैंने उनके मैसेज का तुरन्त रिप्लाई किया “I need some time please” । इतने में भाई

आया और बोला नानी के घर जाना है कुछ काम है साथ चलो और में उसके साथ चली गई इस उम्मीद से की जनाब मेरी सिच्वेशन समझेंगे और मुझे थोड़ा वक्त देंगे। नानी के घर जाते वक्त उनका रिप्लाई आया आपने कहा पापा से बात करने को अब आपको वक्त चाहिए ओके में जा रहा हूं आपको कितना वक्त चाहिए बाता दीजिए। मैंने 2 हफ्ते का वक्त ले लिया जनाब मुंबई चले गए। बिना सोचे वक्त तो ले लिया पर करू क्या फिर मैंने अपनी सबसे अच्छी दोस्त से इसके बारे में बात की ओर एक फैसला लिया की पहले हम और अच्छे से एक दूसरे को जान ले फिर फैमिली से बात करेंगे। हमने अपनी फीलिंग्स उनको अभी तक नहीं बताई थी।

अब रोज बाते होने लागी सब कुछ शेयर होने लागा 1 साल लगा हमे एक दूसरे को समझने में इसी बीच कभी जनाब हमारे शहर आते कभी हम मुम्बई चाले जाते थे। एक दूसरे को समझने लगे दोनों के सपने 70% एक जैसे थे। जनाब की सादगी मुझे अच्छी लगने लगी।

"मैं से हम का किस्सा"

एक दिन मैंने कहा आप हर वक्त ये हम हम बोलते है कितने लोग साथ रहते है आपके जो बार बार मैं की जगह आप हम बोलते है और उनका मज़ाक उड़ाने लगीं।

जब उन्होंने बताया कि क्योंकि उनको " मैं " बोलने पर इगो (अहंकार) महसूस होता था इंसान के अन्दर इसलिए वो कभी मैं नही बोलते। इसलिए उनके साथ के लिए मैंने भी " मैं " को " हम " बोलना शुरू कर दिया। 1 साल हो गया था अब फाइनली फैमिली को बताना था मतलब था

(शेर के गले में घंटी बांधनी थी पर बंधेगा कौन)

3

शेर के गले में घंटी

अब वक्त था पापा को बताने का शेर के गले में घंटी मैं क्यों बंधु मैं पागल थोड़ी हूं इसलिए यह काम मैंने जनाब को दे दिया एक महीने बाद जब हमने यह फैसला किया कि अब बताना है उसके 1 महीने बाद जनाब घर आए और पापा के साथ गेस्ट रूम में बैठकर बात की पापा को कुछ समझ नहीं आया तो उन्होंने मम्मी को बुलाया दोनों ने जनाब से बात की और फिर मुझे बुलाया और मुझसे पूछा गया कि क्या मुझे जनाब पसंद है मैं थोड़ा सा सरप्राइज हो गई क्योंकि मुझे उम्मीद नहीं थी इतनी जल्दी मुझसे पूछा जाएगा मुझे लगा पहले मुझे 10 गालियां सुनाई जाएगी और शायद जनाब की थोड़ी इंसल्ट भी की जाएगी पर ऐसा कुछ हुआ नहीं इसलिए जब मुझसे पूछा कि क्या मुझे जनाब पसंद है तो मैंने तुरंत हां कर दिया और कमरे से चली गईं पापा ने जनाब से काफी देर तक बातें की उस दिन के बाद से जनाब का घर में आना बंद हो गया क्योंकि अब पता चल चुका था कि हम दोनों में कुछ न कुछ खिचड़ी पक रही है इसलिए उनका घर में आना बंद।अब जब भी वह आते होटल में रुकते पापा ने सोचने के लिए 1 महीने का टाइम मांगा और कहा कि वो जनाब का बिजनेस मुंबई जाकर देखना चाहते हैं उनका काम कैसा चल रहा है आप समझ सकते है पिता के लिए अपनी बेटी के लिए एक लड़का ढूंढना आसन नहीं होता बहुत कुछ देखना होता है सीधा समझे तो वे बस ये देखना चाहते थे की जनाब financially stable है या नहीं।वो इंसान

अच्छे है ये उनको पता था बस मुझे भविष्य में कोई परेशानी नहीं होगी ये देखना चाहते थे ।सब कुछ अच्छा रहा पापा जब वापिस आए तो खुश थे और मम्मी से बात कर के उन्होंने जनाब को घर पर बुलाया और कहा कि वो अपनी मम्मी को साथ ले कर आए ।

वो दिन भी आगया जनाब अपनी मम्मी के साथ हमारे घर आए और गेस्ट रूम में बैठकर बात करने लगे। पापा वही थे चाय पीते हुए पापा ने मुझे भुलाया मैं अपनी आज तक की बेस्ट लुक्स के साथ गेस्ट रूम में गई । मैंने जा कर जनाब की मम्मी के पैर छुए और सामने बैठ गई । फिल्म में देखा था वहीं कर दिया। हा हा हा हा।

मेरे पेट में लाखों तितलियां उड़ रही थी मैं पूरी रात सोई नहीं थी और यही सोच रही थी कि जनाब की मम्मी मुझ से क्या सवाल पूछेगी और क्या जवाब मुझे देना चाहिए। सच बताऊं तो पूरे साल पढ़ाई करने के बाद जब पेपर में बैठते हैं मुझे इस वक्त वैसी ही फिलिंग हों रही थी पर जब मैं वहां बैठी थी सब बात कर रहे थे और मुझे जो सबसे अच्छा लगा वो ये कि उन्होंने मुझसे कोई सवाल नहीं किया ऐसा नहीं था कि जनाब ने उनसे मना किया था पर मुझे बाद में पता चला कि उनका स्वभाव ही ऐसा है बातचीत हुई और 1 महीने बाद सगाई की तारिक फाइनल हो गई पर शादी अभी नहीं हो सकती थी कुछ वजह से शादी में टाइम लग सकता था इसलिए सगाई बिना किसी शोर और बिना किसी रिलेटिव के सिर्फ फैमिली मेंबर्स के साथ होगी ऐसा डिसाइड किया गया।

सगाई की तारिक मेरे जन्मदिन की रखी गई । भले ही सगाई पर कोई आने वाला नहीं था पर फिर भी सगाई के लिए थोड़ी सी तो शॉपिंग बनती है इसलिए शॉपिंग होने लगी जैसा कि मुझे शॉपिंग का शौक नहीं था इसलिए सारी शॉपिंग मम्मी ने खुद की और जितनी हो सके उतनी सुंदर मैं दिखू उसके लिए बेस्ट से बेस्ट ड्रेस उन्होंने फाइनल की ।

शब्दों में बताना आसान नहीं पर मैं उस दिन कितनी सुंदर लग रही थी जितनी मैं आज तक नहीं लगी और इसका सारा क्रेडिट मम्मी को जाता है।

सगाई वाला दिन आ गया मतलब मेरे जन्मदिन के आज मुझे गिफ्ट मिलने वाले थे ऑफिस से भी कॉल्स आई। आज एक गिफ्ट सबसे बड़ा

मिलने वाला था मैं बेसब्री से रात का इंतजार करने लगी कब रात हो और मैं तैयार होकर जनाब के सामने जाऊ उस वक्त कैमरे वाले फोन इतने ज्यादा अच्छे नहीं थे कि आप किसी को अपनी अच्छी फोटो भेज सको तो हम दोनों को इंतजार करना था सब तैयार हुए और सगाई के लिए निकल गए होटल जाते वक्त एक अजीब सी हलचल हो रही थी दिल में सब कुछ सही हो रहा है या नहीं और बाकी सब जो इस वक्त दिमाग में चलना चाहिए था एक नॉर्मल लड़की के दिमाग में जो चलता है बस वह सब चल रहा है हम होटल पहुंचे जनाब सामने खड़े हुए उन्होंने वाइट कलर का कोट पहना था और उतनी ही खूबसूरत लग रहे थे जितना मैंने सोचा था जब गाड़ी रुकी तो मेरी तरफ से मेरे लिए दरवाजा खोलो मुझे पता नहीं था कुछ तो इंतजाम उन्होंने किए थे जब मैं गाड़ी से उतार रही थी जभी गुलाब के फूल अचानक से मेरे ऊपर कहीं से आए उन्हें देखकर मुझे बहुत खुशी हुई। लगा जैसे कोई सपना हैं। जनाब ने मेरा हाथ पकड़ा और मुझे अंदर होटल में टेबल के पास तक लेकर गए।

सभी ने मुझे जन्मदिन मुबारक बाद दी और केक कट किया गया उसके बाद हम दोनों ने एक दूसरे को सगाई की अंगूठी पहनाई और डेढ़ साल पहले जो एक अंजान से रिश्ते की शुरुआत हुईं थीं उसे एक नाम दे दिया। जनाब ने वादा किया कि वो मुझे आज़ से सारी खुशियां देने की कोशिश करेंगे। हालांकि नॉर्मल सगाई में ऐसे वादे किए नहीं जाते पर जनाब उस दिन थोड़ी रोमांटिक हो गाए। इसलिए उन्होंने अपनी मर्जी से ये रस्म शामिल कर दी और सभी के सामने मुझे यह वादा किया। कि मुझे किसी चीज की कमी नहीं होने देंगे और मेरे हर सपने और इच्छा को पूरा करने की कोशिश करेंगे।

इसके बात सब ने खाना खाया कुछ बातचीत की और 2 घंटे के छोटे से समारोह के बाद अब निकलने की प्लानिंग होने लगी। जनाब ने मुझसे होटल के गार्डन में वॉक करने के लिए कहा और जैसे कि सब निकल ही रहे थे निकलते वक्त गार्डन से होते हुए बाहर जाने लगे और उन्होंने मुझे मेरा जन्मदिन का एक और गिफ्ट दिया जो कि एक मोबाइल फोन था मेरा पर्सनल फ़ोन ख़राब हो गया था उनको पता था मैं नया मोबाइल लेने वाली हूं नहीं यह उन्हें अच्छे से पता था। मैं थोड़ी सी कंजूस टाइप की

इंसान हूं इसलिए। नया मोबाइल अब इसे वीडियो कॉल हो सकती थी।

अब रोज रात को बातें होने लगी कभी वॉइस कॉल पर तो कभी वीडियो कॉल पर ऐसे ही करते करते कुछ महीने बीत गए। कुछ महीने बाद जब जनाब हमारे शहर आए उन्होंने कहा कि अब वह हमारे शहर के पास नया काम शुरू करेगे ताकि वह शहर के पास भी रह सकें और शादी के बाद भी हम लोग वही रहेंगे मुंबई आना जाना थोड़ा दूर पड़ रहा था और शादी के बाद जल्दी मुंबई ट्रांसफर मिलना इतना आसान भी नहीं था इसलिए हमने हमारे शहर के पास ही रहने का फैसला लिया जिससे मैं रोज आ जा सकती थी जनाब के लिए यह थोड़ा मुश्किल था क्योंकि वह कोई नौकरी तो करते नहीं थे जो इस्तीफा दिया और नई कंपनी में जॉइनिंग कर लेते। नई कंपनी बनाना बिजनेस को सेटल करना इतना आसान भी नहीं था वैसे भी जिस बिजनेस की पूरी जानकारी उनको थी वह बिजनेस हमारे शहर में करना इतना आसान नहीं था कंपटीशन की वजह से इसलिए जनाब ने एक नया बिजनेस शुरू किया जिसकी जानकारी उनको भले ही कम थी पर बिजनेस करना उन्हें आता था मैं खुश थीं सब कुछ बहुत अच्छा हो रहा था कभी-कभी मैं भी ऑफिस चली जाया करती थी 1 साल लगने वाला था बिजनेस को सेटल करने में । जनाब का जो स्वभाव था वह बहुत साधारण था उनकी सबसे बड़ी कमी थी लोगों पर बहुत जल्दी भरोसा कर लेना इसकी वजह से लोगों को बहुत कम समय में बहुत कुछ देने के बारे में सोच लेते थे। जिसकी वजह से अक्सर उन्हें परेशानी होती थी और इसी की वजह से बिजनेस में थोड़ी परेशानियां आना भी लाज़मी था। मुंबई का सारा बिज़नस अपने पार्टनर के सहारे होने की वजह से उनका वहां से भी ध्यान हट गया जिसकी वजह से उनके पार्टनर ने उनके साथ बहुत बड़ा विश्वासघात किया। करोड़ से ज़्यादा का नुक्सान पहुंचा था उनको ऊपर से नए काम में भी पैसे लगा दिए थे ।मुझे लगने लगा मेरी वजह से उनको इतना नुकसान हो गया था। इसलिए मैने उनकी एक डील करने के बारे में सोचा मैंने अपने डिपार्टमेंट से किसी की हेल्प लें कर उनकी एक डील कराई जिसमे मेरे भरोसे पर उन्होंने अपनी सारी जामा पूंजी लागा दी।

4

सरकारी नौकरी छोड़ना

जैसे कि मैंने बताया मेरे भरोस जनाब ने अपनी सारी जमा पूंजी नई डील में लागा दी। कुछ दिन बाद मेरे पास फ़ोन आया कि कुछ प्रोब्लम है बाहर मिलने आना मैंने जल्दी सभी काम खत्म किए और जनाब के ऑफिस चली गई वहां जाकर पता चला कि जिस इंसान के साथ हमने डील की थी वह फर्जी निकला और उसने जो जमीन जनाब को अपनी बता कर बेची थी वे उसकी थी ही नहीं और अब वह शहर में नहीं था यह मेरी गलती थी मेरी जिम्मेदारी थी कि मैं पूरी तरह से जांच परख कर डील करने के लिए बोल सकती थी पर मेरा किसी और पर जरूरत से ज्यादा भरोसा करने की वजह से आज जनाब की सारी जमा पूंजी डूब चुकी थी और वो फाइनेंशली कमजोर हो गए थे बहुत कोशिशों के बाद भी वह इंसान नहीं मिला इतनी बड़ी प्रतिष्ठित नौकरी के बाद भी मेरे साथ मेरे परिवार के साथ धोखा हो गया पर इसके बारे में मैं किसी को बता नहीं सकती थी क्योंकि सभी को यह डर था कि अगर बात बाहर आईं तो मेरी छवि खराब हो सकती है इस डर से किसी ने कोई भी स्टेप नहीं लिया और हमने कोर्ट में जाने का फैसला किया जो पैसे कैश में दिए गए थे उनके साथ साथ जो अकाउंट ट्रांसफर थे और जमीन के सभी कागजात हमने कोर्ट में जमा करा दिए और उस इंसान को ढूंढना बंद कर दिया पापा का कहना था कि

वह लोग बहुत खतरनाक है और अगर पैसे के चक्कर में उन्होंने जनाब को कुछ कर दिया तो बात हाथ से निकल जाएगी इसलिए मैंने इन सब से अपना नाम हटाकर जनाब को कोर्ट में जाने का मशुहरा दिया पापा के बोलने पर जनाब यह सब भूलकर आगे बढ़ने के लिए तैयार हो गए अभी कुछ दिन पहले ही उन्हें उनके पार्टनर ने बहुत बड़ा धोखा दिया था और अब यह सब इसकी वजह से बहुत बहुत परेशान होना पड़ा जनाब बहुत गुस्सा थे पर वह लोग जिनके पास पैसे थे बहुत खतरनाक थे।

दूसरा बिजनेस जो हमारे शहर में चल रहा था उसमें भी पैसे की जरूरत पड़ती रहती थी कैसे ना कैसे जनाब इस लड़ाई को फिर से लड़ने के लिए तैयार थे उन्होंने फिर से जीरो से शुरुआत की मेरी वजह से हालांकि इतने साल मुंबई में मेहनत करने के बाद उन्होंने मुंबई, नोएडा और देश के दो अन्य शहरों में अच्छी प्रॉपर्टी बना रखी थी पर हम दोनों ने फैसला किया की कितनी भी खराब हालात क्यों ना हो जाए हम हमारी प्रॉपर्टी नहीं सेल करेंगे। धीरे धीरे हालात थोड़े सही हुए पर ना जाने क्यों अब मेरा इस नौकरी में दिल नहीं लग रहा था ऐसा लग रहा था जिस चीज को पाने के लिए मैंने इतनी मेहनत की वह चीज किसी और के कहने पर चलती है जिसकी वजह से ना ही तो मैं अपने फर्ज पूरे कर पा रही थी और ना ही उनका साथ दे पा रही थी जिन्होंने मेरे लिए अपनी जिंदगी दांव पर लगा दी थी 6 महीने बीतने के बाद बहुत सारे हालात बातें रोज हो रही थी मैं नहीं चाहती कि मैं मेरी किताब को किसी कॉन्ट्रोवर्सी में डाल दिया जाए इसलिए सिर्फ इतना बोलना सही रहेगा कि बहुत हो चुका था जिस नौकरी की वजह से मैं किसी का साथ नहीं दे पा रही थी बस अपनी छवि साफ रखना और कुछ भी नही करना मुझे पसंद नहीं आ रहा था बहुत बहस हुई इस वाक्य पर पूरी किताब लिखी जा सकती है कि हुआ क्या पर कभी और आप बस इतना समझ लीजिए कि कुछ भी अच्छा नहीं जा रहा था कुछ दिन पहले एक सरकारी विभाग के एक उच्च अधिकारी ने फांसी लगा ली थी बस उसके बाद तो कुछ बोलना बचा ही नहीं था कुछ ना कर पाने की एक ऐसी भावना मन में घर बना गई थी जब इस नौकरी से दिल उठ गया था मैंने बहुत समझाया अपने आप को पर एक जिंदगी और इस जिंदगी में अगर जो काम दिल को पसंद

नहीं वह पैसे कमाने के लिए किया जाए मुझे सही नहीं लगा इसलिए मैंने सब से बातचीत करके नौकरी इस्तीफा देने का फैसला लिया सब परेशान हुए बहुत ज्यादा बहुत ज्यादा बातें भी बोली गई जनाब बिजनेस करते थे आगे की फाइनेंशियल सिचुएशंस को देखते हुए मेरा सरकारी नौकरी करना एक फाइनेंस सिक्योर देता जिंदगी को पर मुझसे हो नहीं रहा था। ऐसा लग रहा था जैसे कुछ और है जो मुझे पसंद है यह तो बस बचपने का एक सपना था किसी और को देखकर जो मैंने देख लिया था। अब और नही मुझे किसी भी तरह इस से निकलना था इसलिए मैंने इस्तीफा देने का फैसला सुनाते हुए सभी से आगे क्या करना है इसके बारे में सोचने को कहां। इस्तीफा देने वाले दिन पापा सुबह मेरे पास आए और बोले कि क्या तुम सच में इस्तीफा देना चाहती हो सच बताऊं अंदर से डर लग रहा था पर खुशी थी कि शायद इसके बाद भी कोई जिंदगी है जो शायद मैं जीना चाहती हूं क्योंकि बहुत सी चीजें थी जो नौकरी के साथ में कर नहीं पा रही थी ऐसा लग रहा था जैसे जिंदगी से मजा जिंदगी से एक अपनापन चला गया सुबह जाना शाम को आना कायदे कानून किसी से मिलना नहीं ज्यादा किसी से बात ही नहीं करनी कोई सोशल लाइफ नहीं इसलिए मैंने कॉन्फिडेंस के साथ पापा को कहा आपको भरोसा है मुझ पर पापा ने भी सर पर हाथ रखते हुए कहा तुम जो करोगी हम साथ हैं बस फिर क्या था मैं जनाब के साथ ऑफिस गई और इस्तीफा देखकर आ गई बहुत सारी फॉर्मेलिटी थी जो पूरी करनी होती है मैंने सभी पूरी की और अब मैं अपनी जिंदगी जीने के लिए आजाद थी तो हम दोनो मतलब मैं और जनाब घूमने निकल गए और वहां हमने आगे क्या करना है इस पर बातचीत की।

5
आगे क्या होगा

इस्तीफा देने के कुछ दिन तक मैंने घर पर ही रहने का फैसला किया और कभी-कभी जनाब के ऑफिस में जाकर उनकी मदद भी किया करती थी कुछ दिन बीतने के बाद पापा ने एक दिन हम दोनों को घर बुलाया साथ में मैं भी जनाब के ऑफिस में थी इसलिए हम साथ में घर आए पापा ने सब को बिठाया और कहा कि अब आगे क्या करना है यह सोच ले तो अच्छा होगा क्योंकि शादी भी करनी है सभी ने अपने अपने सूझाव दिए पर मुझे गवर्नमेंट जॉब नहीं करनी थी यह तो मैंने सोच लिया था अब मैं गवर्नमेंट जॉब तो किसी हालत में नहीं करने वाली बचपन से मुझे आर्किटेक्ट और डिज़ाइन का बहुत शौक था और इंटीरियर्स डेकोरेटर का भी बहुत शौक था और यह शौक मुझे मेरी मम्मी से मिला था मुझे अक्सर घर के डिजाइंस में इंटरेस्ट आता था इसलिए मैंने आर्किटेक्ट बनने का फैसला किया। पापा को ये सही भी लगा क्योंकि जनाब का काम भी रियल स्टेट का था जनाब खुद एक सिविल इंजीनियर थे इसलिए मेरा आर्किटेक्ट बनना सबको मंजूर हो गया।

कॉलेज में एडमिशन लेने के लिए जो भी एंट्रेंस एक्जाम पास करने थे उनकी तैयारी करने के लिए मैंने पढ़ाई शुरू कर दी और अपने ही शहर के पास एक प्रतिष्ठित आर्किटेक्ट कॉलेज में एडमिशन ले लिया मुझे मैथ्स में जितनी प्रॉब्लम्स हुई उन सभी में जनाब ने मेरी पूरी मदद की हमेशा मेरी पढ़ाई में मदद की और मुझे हिम्मत दी और साथ ही साथ अपना

बिजनेस भी चला रहे थे कॉलेज घर से थोड़ा दूर तो था इसलिए 2 साल बाद जनाब ने मुझे मेरे जन्मदिन पर एक कार गिफ्ट की ताकि मैं घर से कॉलेज आराम से आ जा सकूं जनाब के प्यार करने के तरीके अलग थे वह और लड़कों की तरह कोई हरकत नहीं करते थे जैसे कि सगाई होने के बाद अक्सर लोग अकेले वक्त बिताने चले जाते हैं ऐसे नहीं थे कई साल हो गए थे लगभग 3 साल हो चुके थे और हमने साथ में कभी कोई लिमिट क्रॉस नहीं की थी वह बोलते भी नहीं थे इतना ज्यादा या बार-बार की उने मुझसे कितना प्यार है पर जो काम किया करते थे उन से पता चल जाता था ।

उनके प्यार और घर वालों के भरोसे की वजह से मैंने अपना आर्किटेक्ट पूरा किया वक्त के साथ उम्र भी बढ़ रही थी जनाब की फैमिली अब चाहती थी कि हम शादी कर ले और घर वालों ने भी बोल दिया कि अब पढ़ाई हो चुकी है अब शादी कर लेनी चाहिए शादी की डेट फिक्स करने के लिए जनाब की फैमिली हमारे घर आई और शादी की डेट अगले साल जनवरी की फिक्स कर दी गई हमारे पास 8 महीने 16 दिन थे इन 8 महीनों में क्या-क्या होने वाला था यह मैंने कभी सोचा भी नहीं था कि जिंदगी में अभी और भी बहुत कुछ होना बाकी है वह सब बाकी है जो नहीं होना चाहिए था

6
व्यापार में घाटा

शादी में कुछ वक्त था और मुझे भी कॉलेज में एक्सपीरियंस लेटर देना था इसके लिए जनाब ने अपने एक दोस्त से बात की जो कि एक प्रतिष्ठित आर्किटेक्ट थे हालांकि प्रैक्टिस 1 साल की थी पर उन्होंने 4 महीने में मुझे बहुत कुछ सिखा दिया और यह सब सीखने के लिए मुझे कुछ महीनों के लिए पुणे जाना पड़ा कोई बड़ी बात नहीं थी मैं जब चाहे आ जा सकती थी पर मैंने सोचा 4 महीने एक साथ मेहनत करके अगर मैं 1 साल की सारी चीजें सीख जाती हूं तो शादी के बाद मुझे दोबारा नहीं आना पड़ेगा और मैं पुणे चली गई मेरे पुणे जाने के बाद जनाब अकेले पड़ गए फाइनेंशली कमज़ोर और धीरे-धीरे मुझे पता ही नहीं चला कि वे कब मेंटली डिस्टर्ब होने लगे आंखें जब खुली जब एक दिन मुझे फोन आया कि जल्दी आ जाओ जनाब कि तबियत बिगड़ी गई है उनको हॉस्पिटल लाया गया है मेरा तो जैसे दम ही निकल गया आंखों के आगे अंधेरा सा छा गया कुछ समझ ही नहीं आया कि बोलूं क्या बस किसी तरह से जल्दी से जल्दी जनाब के पास पहुंचने के लिए जो कर सकती थीं सब किया 4 घंटे बाद मैं आईसीयू के बाहर इंतजार कर रही थी कि कब डॉक्टर आएंगे और बोले कि जनाब अब सही है और आधे घंटे के इंतजार के बाद डॉक्टर बहार आए और उन्होंने बताया कि अब जनाब की तबीयत नॉर्मल है उनको हार्ट अटैक आया था प्रॉब्लम बड़ सकती थी पर वक्त रहते हॉस्पिटल आने की वजह से वह खतरे से बाहर है पर उन्हें आराम

करना है और टेंशन से दूर रहना है आज मुझे मेरी सरकारी नौकरी छोड़ने का बहुत दुख हो रहा था पर मैंने कैसे भी अपने आप को संभाला और जैसे ही जनाब होश में आए उनसे मिलने पूरा परिवार गया सभी के मिलने के बाद मैं उनके पास गई सभी ने हमे कुछ देर के लिए अकेला छोड़ दिया शायद जिंदगी में मैं आज तक इतना नहीं रोई थी कभी भी नहीं। न हि किसी को खोने की फिलिंग्स मैंने कभी अनुभव ही नहीं कि थीं। बहुत कुछ चल रहा था दिमाग में पर उस वक्त मेरा पूरा ध्यान जनाब पर था मैंने उनका हाथ अपने हाथ में लिया और बहुत धीमी आवाज में उनसे पूछा कि क्या प्रॉब्लम है तब उन्होंने बताया कि बिजनेस में लॉस पर लॉस हो रहे हैं और अब उन्हें मुझ से किया वादा तोड़ना पड़ सकता है प्रॉपर्टी बेचने वाला बस इसी टेंशन में ज्यादे सोचने की बजे से उनको हार्ट अटैक आ गया। पहले तो वही सब दिमाग में आया कि मैंने सरकारी नौकरी नहीं छोड़ी होती तो आज यह सब नहीं होता पर फिर जो हो गया उसके बारे में ना सोच कर जो कर सकते हैं उसके बारे में सोचने लगी 1 महीने का आराम डॉक्टर ने बोला था उस 1 महीने मैने कंपनी का सारा काम देखने का फैसला किया और एक हफ्ते बाद जाकर पुणे से अपना सारा सामान मैं लेकर आ गई मैंने प्रोजैक्ट नहीं छोड़ा मैं महीने में दो या तीन बार पुणे प्रोजेक्ट मॉनिटर करने के लिए चली जाया करती थी अब मैं रात में अपनी पढ़ाई दिन में कंपनी और शाम के वक्त जनाब का ध्यान रख रही थी पता नहीं चला कब महीना बीत गया 1 महीने में मैंने कंपनी के बहुत से काम सीख लिया कैसे काम होता है कहां से क्या आता है कंपनी की जिम्मेदारियां क्या है और कैसे कंपनी को चलाया जा सकता है पर अब जनाब का थोड़ा भी टेंशन लेना उनके लिए खतरे से खाली नहीं था पिताजी नहीं थे इसलिए उनकी मम्मी ने उन्हें उनके शहर में आकर काम करने के लिए कहा अब उन्हें मुंबई वापस जाने की भी परमिशन नहीं दी गई अब एक बहुत बड़ा फैसला था जो मुझे लेना था जनाब फाइनेंशली कमजोर हो चुके थे हालांकि प्रॉपर्टीज थी पर करंट बिजनेस लगभग बंद हो चुका था बहुत सोचने विचार करने के बाद जनाब ने अपने शहर जाने का फैसला ले लिया और उन्होंने बहुत दुख के साथ मुझे यह फैसला लेने के लिए कहा की अगर मैं चाहूं तो पीछे हट सकती हूं मैं चाहूं तो यह सगाई

तोड़ कर मैं आगे बढ़ जाऊं क्योंकि अब वह अपने आप को मेरे लायक नहीं समझ रहे थे हार्ट अटैक के बाद मेंटली परेशान हो गए थे कभी-कभी तो बिना बताए घंटों कहीं भी निकल जाया करते थे इस सबसे मुझे इतना डर लगने लगा कि उनको अकेला छोड़ना मुझे गवारा नहीं लग रहा था हालांकि उनके अपने शहर में उनका परिवार उनके साथ होता पर फिर भी मेरा दिल नहीं मान रहा था और वह दिन आ गया जिस दिन कंपनी का सभी सामान उनके शहर चला गया था अब वही से काम करने वाले थे और यह पक्का हो चुका था मुझ में हिम्मत नहीं थी कि मैं उनको जाते वक्त देख पाती। हिम्मत यह बोलने की कि भी नहीं थी कि वह कुछ देर और लड़ाई कर ले ऐसा लगा जैसे वह हार चुके थे अब और लड़ना नहीं चाहते थे उन्होंने अपनी एक प्रॉपर्टी बेचकर बिजनेस फिर से शुरू करने का फैसला किया जनाब अपने शहर चले गए और पीछे छोड़ गए मेरे लिए ढेरों सवाल ऐसा लग रहा था जैसे जिंदगी मैं इससे बुरा अब और क्या होगा एक रिश्ता जो इतने साल निभाया जिस इंसान के साथ निभाया आज उस रिश्ते को तोड़ने की जिद होने लगी थी पापा ने मना कर दिया कि अब वह नहीं चाहते कि मैं जनाब से शादी करू और सभी ने बोल दिया कि वह अब मेरे लिए कोई दूसरा लड़का देखेंगे जनाब ने भी जाने के बाद फोन नहीं किया उन्हें लगा कहीं उनका फोन करना मेरे फैसले को बदल ना दे। जनाब को गए पूरा एक हफ्ता हो चुका था नहीं तो वह फोन कर रहे थे और ना ही मेरा कोई फोन उठा रहे थे इधर पापा ने भी रोज रोज बोलना शुरू कर दिया। फिर 1 महीने बाद जनाब का फोन आया कि जब मैं काम देख रही थी तो कुछ चीजों का हिसाब मुझे ही पता है वही सब जानने के लिए उन्होंने फोन किया सब हिसाब जानने के बाद उन्होंने यह बोल कर फोन रख दिया कि उनको एक मीटिंग में जाना है अब चीजें बर्दाश्त के बाहर जा रही थी। जब मैंने पापा से बात की और उनसे पूछा की प्रॉब्लम क्या है वह क्या चाहते हैं मेरी अब सरकारी नौकरी नहीं है इसलिए एक फाइनेंशली सिक्योर भविष्य के लिए वह मुझे जनाब से शादी ना करने की सलाह दे रहे हैं यही ना वह चाहते थे कि जनाब फिर से सब कुछ सही कर ले तभी वह मुझे उनसे शादी करने की इजाजत दे सकते हैं पर इसके लिए वक्त चाहिए जो वह देना नहीं चाहते थे। जब

मैंने उनके सामने जनाब को फोन किया तब जनाब ने अपनी लाइन को बहुत क्लियर रखते हुए कहा की सब कुछ सही करने में उन्हें सालों लग सकते हैं अकेले वह यह सब करेंगे तो सालों में जाकर वह फिर से अपनी सेविंग्स कर पाएंगे तब मैंने उनसे पूछा कि अगर मैं उनकी मदद करूं तो उनको कितने साल लगेंगे तब उन्होंने कहा कि अगर ऐसा हो सकता है तो 2 साल के अंदर वह फिर से सब कुछ वापस से सही कर सकते हैं मुझे ऐसा लगा कि मैं बस यही सुनना चाहती थी और अब मैंने पापा से पूछा कि क्या जिस तरह से मेरे लिए अपने सारे बिजनेस फिर से शुरू करने के लिए जनाब हमारे शहर आ गए थे क्या मैं उनकी मदद करने के लिए कुछ वक्त के लिए उनके शहर जा सकती हूं जिसका मुझे जवाब मिला एक मिडल क्लास फैमिली से belongs करने वाला इंसान क्या दे सकता है यह मुझे पहले से पता था पर फिर भी मैंने यह सवाल किया सामने से जवाब आया नहीं क्योंकि जनाब एक लड़का है बात अलग है और यह बात इतनी अलग है कि मैं उनके शहर बिना शादी किए उनकी मदद करने के लिए नहीं जा सकती पर कोई ना कोई हल तो निकालना ही था क्योंकि जनाब से अलग होकर या जनाब के अलावा किसी और से शादी करने के बारे में मैं सोच भी नहीं सकती थी कुछ दिन की डिस्कशन के बाद एक सलूशन निकल कर आया जो कि मेरे दिमाग से आया मैंने पापा से कहा कि वह मेरी और जनाब की कोर्ट मैरिज करा दे और अगर 2 साल में जनाब फिर से सब सही नहीं कर पाए और हम दोनों कामयाब नहीं हुए तो बिना किसी को बताए हम डाइवोर्स ले लेंगे और जिससे वो चाहेंगे मैं शादी कर लूंगी । जितने भी लोग किताब पढ़ रहे हैं उनमें से 20% लोगों को यही लगेगा यह गलत है पर सिक्के के हमेशा दूसरे पहलू के बारे में भी सोचना चाहिए क्या वह सही था जब मेरे प्यार के लिए जनाब अपना जमा जमाया चलता हुआ बिजनेस छोड़कर नया काम शुरू करने मेरे शहर आ गए थे क्या वह सही था जब इतनी बिजनेस लॉसेस देखते हुए भी उन्होंने मुझे कार गिफ्ट कि और जब वह सब सही था तो आज उनके लिए मेरा कुछ करना गलत कैसे हो सकता है। मैं पापा की इनसिक्योरिटी भी समझती थी इसलिए मैंने एक ऐसा विकल्प निकाला जिससे ना तो जनाब को परेशानी होगी ना मुझे और ना ही पापा को

अगर हम कामयाब नहीं हुए तो पापा से किए वादे को निभाने के लिए मुझे वापस आना ही होता और अगर कामयाब हो गए तो मैं जनाब से किए वादे भी निभा पाऊंगी और मुझे पूरा भरोसा था कि हम कामयाब हो जाएंगे मेहनत से तो पहाड़ टूट सकते हैं तो क्या एक बिजनेस दोबारा से खड़ा नहीं हो सकता। लड़ाई हुई बहस हुई नाराजगी भी बहुत हुई पर लास्ट में बहुत सारे वादों के साथ बहुत सारे भरोसे के साथ पापा मान गए क्योंकि वह बस मुझे खुश देखना चाहते थे और अगर मेरी खुशी जनाब के साथ थी तो वह यह मौका हम दोनों को देना चाहते थे। लेकिन शर्त यही थी कि अगर 2 साल में हम वह सब सही नहीं कर पाए फिर से लाइफ में फाइनेंशली सिक्योर नहीं हो पाए करंट बिजनेस को एक ऊंचाई पर नहीं ले जा पाए तो बिना किसी सवाल कि हम दोनों अलग हो जाएंगे और इन 2 सालों में हम दोनों को पूरी कोशिश करनी है कि हम लिमिट में रहे कभी भी किसी भी वजह से लिमिट क्रॉस ना करें। आगर परिवार में से और जनाब में से किसी एक को चुनना पड़े तो मुझे परिवार को ही चुना था यह तो पक्का था । उस वक्त अगर पापा नहीं मानते तो मैं उनके खिलाफ नहीं जाने वाली थी यह पक्का था पर हां कोशिश अंत तक करने वाली थी ताकि मैं जनाब का साथ और उनसे किए वादे भी निभा सकू। मैं उन लड़कियों में से नहीं थी जो अपने मां-बाप की इज्जत के बारे में ना सोच कर 4 दिन के प्यार के लिए उनकी इज्जत को मिट्टी में मिला कर घर से भाग जाती है। मानती हूं हर घर मां-बाप एक जैसे नहीं होते पर कुछ चीजों का ख्याल हम लड़कियों को भी रखना पड़ता है मैं किसी भी हाल में अपने प्यार के लिए अपने मां बाप का दिल नहीं तोड़ सकती थी भले ही पूरी जिंदगी अपना दिल तोड़ कर किसी और से शादी जरूर कर सकती थी पर जब मुझे दिल से अपने मां बाप की कदर थी तो उन्हें भी पता था कि एक बार अगर हम मौका दे दे तो क्या पता यह कामयाब हो जाए। गलत कहते हैं लोग कि दिल की बात दिल तक नहीं पहुंचती शिद्दत से प्यार करके देखिए मां बाप से भी भाई बहन से भी और उससे भी जिससे आप सच में प्यार करते हैं आपकी दिल की बात उनके दिल तक जरूर पहुंच जाएगी और नहीं पहुंच रही तो समझ जाइए कि इतनी शिद्दत से आपने ना तो उनकी कदर की है और ना ही उन से प्यार किया

है।

7
कोर्ट मैरिज

जिंदगी का एक नया चैप्टर शुरू होने जा रहा था सब मान गए सब से मेरा मतलब है मम्मी पापा मेरी सिस्टर भाई और मेरी फैमिली में एक और बहुत इंपॉर्टेंट इंसान थे जो भैया भी थे मामा भी थे और चाचा भी उनसे मेरी बनती नहीं थीं पर जितनी चिंता मेरे पापा को थी उतनी उनको भी थी उनकी हां भी मेरे लिए जरूरी थीं सब ने हां कर दिया जनाब के घरवालों को बताएगा जनाब को सुनकर ज्यादा हैरानी नहीं हुई क्योंकि अभी कुछ समझ नहीं पा रहे थे उन्होंने मेरी बात मान लि और हमारे शहर आ गए मम्मी पापा और बाकी सब की रजामंदी से कोर्ट मैरिज हो गई कोर्ट मैरिज के बाद मैं और जनाब उनके शहर चले गए।

शादी हो गई नाचो हा हा हा हा।

पर खुशी ज्यादा दिन कि नही थी। कहानी तो अब शुरू होने वाली थी मैं एक समृद्ध परिवार से थी। मुझे ज्यादा परेशानी कभी लाइफ में उठानी नहीं पड़ी घर गाड़ी कहीं भी जाने के लिए कभी सोचना नहीं पड़ता था साल में एक बार छुट्टियां ए अपर मिडल क्लास फैमिली एक हाई स्टैंडर्ड फैमिली से होना के बाद जनाब के साथ एक छोटे से शहर में जाकर रहना जहां लोगों की सोच भी मेरे शहर के लोगो से बहुत अलग थीं जहां लोग मुझे मेरी उम्र के बहुत कम मिले मेरी जैसी सोच रखने वाले लोग बहुत कम मिले और ऐसा भी कहा जा सकता है कि दोनों शहरों में जमीन आसमान का फर्क था पर वह बोलते हैं ना " मूसली में जब सर दे ही दिया

है तो ओखली से किस बात का डर " इसलिए भविष्य की ना सोच कर मैं जनाब के साथ उनके शहर में सेटल होने के लिए कम से कम 2 साल तो वही निकालने के लिए जीने के लिए चली गई ।हालांकि मैं शहर के बारे में कुछ नहीं जानती थी पढ़ाई की थी इसलिए थोड़ा बहुत जानती थी कि शहर अच्छा है बुरा तो नहीं है हम जनाब के शहर पहुंचे शहर में पहले से एक प्रॉपर्टी जनाब ने बहुत पहले ली हुई थी पर जब मैं उनके शहर पहुंची जब मुझे पता चला कि वही एक प्रॉपर्टी सबसे सस्ती प्रॉपर्टी है जिसे बेचने का फैसला लिया है क्योंकि बाकी सभी अन्य शहरों की प्रॉपर्टी बहुत महंगी और शायद दोबारा ना खरीद पाने की डर भी था। इसलिए उन्होंने उसे बेचकर शहर में किराए पर रहने का फैसला किया अब इस वक्त जो मेरे दिमाग में था वो थी मेरी ट्रेड लाइन " लाइक सीरियसली " पर मैंने तो कोई ना सवाल करने का फैसला किया था इसलिए मैंने इसको भी एक चैलेंज की तरह एक्सेप्ट किया और हमने प्रॉपर्टी सेल होने के बाद जो पैसे मिले उससे कुछ पैसा एक बहुत छोटी प्रॉपर्टी जिसमें हम रह नहीं सकते थे उसमें इन्वेस्ट किया और कुछ पैसा सेविंग के रूप में अपने पास रखें।

एक सवाल जनाब के घर क्यों नही गए?

अब आप सोच रहे होंगे कि हम जनाब के घर क्यों नहीं गए। उसका एक कारण यह था कि हमारी शादी के बारे में उनके परिवार के अलावा किसी को पता नहीं था जैसे मेरे परिवार के अलावा किसी को नहीं पता था इस वजह से हम उनके घर में तो नहीं रह सकते थे और जहां हम रह रहे थे वहा से उनका घर करीब 100 किलोमीटर दूर था क्योंकि उनका घर उनके गांव में था और हम गांव के पास शहर में रह रहे थे जो पैसे आए उनसे हमने एक ऑफिस उसी सेविंग से हमने अपने शुरुआती दिनों के खर्चे चलाने का फैसला लिया। जब जनाब को हार्ट अटैक आया था जब मैंने अपनी कार जो उन्होने मुझेगिफ्ट में दी थी बेच दी थीं ताकि वो पैसे उनके काम आ सके। मैंने रोते हुऐ दिल पर पत्थर रखकर वो कार बेची थीं ।

प्रोफाइल :

चलिए थोड़ा सा जनाब के प्रोफाइल कामकाज के बारे में अच्छे से जानते हैं जनाब ने मुंबई में रहकर दो-तीन तरह की कंपनियां बनाई थी एक कंपनी फाइनेंस की थी जिसमें बिल्डरों को और अन्य लोगों को कुछ लोग मिलकर पैसा देते हैं जनाब का पैसा वहां भी काफी अटका हुआ था एक कंपनी प्रोडक्शन हाउस था जिसमें आप सभी जानते हैं फिल्में और सीरियल बनते हैं पर वह जब ही बनते हैं जब आपके पास में कैश पैसा हो तो वह कंपनी अभी बेकार थीं इंटीरियर की कंपनी काम आने वाली नहीं थी क्योंकि यह शहर इंटीरियर्स के काम के लिए बहुत छोटा था बच गईं रियल स्टेट और एक अन्य कंपनी जो मेरे शहर में चालू की थीं तेल की कंपनी बोल सकते है ।

हालांकि यह जरूर पता था कि सभी कंपनियों में अगर इन्वेस्टमेंट किया जाए तो अच्छे मुनाफा आ सकता है अच्छा मुनाफा कमाया जा सकता है पर उसके लिए हमें पैसे चाहिए थे इसलिए हमने सबसे पहले तेल वाली कंपनी जो मेरे शहर में डूबी थीं उस कंपनी को खड़ा करने का फैसला लिया उसके बाद हम बाकी सभी कंपनियों को दोबारा शुरू कर सकते थे। हमने घर लिया और कंपनी का काम शुरू किया बहुत परेशानियां आई जिंदगी में ऐसे दिन आज तक नहीं देखे थे ऐसे लोगों से आज तक नहीं मिली थी ऐसी सोच का सामना आज तक नहीं किया था। एक इंसान के साथ बस उसका प्यार और उसकी कामयाबी की इच्छा लेकर मैं उनके शहर में आई थी लोग थोड़े से ज्यादा जजमेंटल थे यहां के माहौल में कैसे भी करके मैंने अपने आप को ढालने की कोशिश कि जितना हो सका लोगों को समझने की कोशिश करने लगी।

8
संघर्ष

शादी के एक हफ्ते बाद हम दोनों ने एक साथ मिलकर ऑफिस (दफ्तर) ढूंढा। पूरा पूरा तेज धुप में घूमना पड़ता था। मुझे आदत नही थी कभी कभी तबियत इतनी खराब हो जाती की डॉक्टर के पास जाना पढ़ता था। ऑफिस मिलने के बाद सच में जान में जान आई क्योंकि शहर में कंपनियां कम थीं इसलिए ऑफिस भी बहुत कम थे। ऑफिस मिलने के बाद हमने काम शुरू किया पूरा दिन ऑफिस में रात को घर पहुंच कर दोनों मिलकर खाना बनाते हैं जनाब को खाना अच्छा बनाना आता था यह मेरे लिए अच्छी बात थी क्योंकि मुझे खाना बनाना बिल्कुल नहीं आता था धीरे-धीरे मैंने भी खाना बनाना सीख लिया। जनाब बड़े प्यार से मुझे कुछ भी सिखाते थे।कभी कभी जनाब की मम्मी जी घर आया जाया करती थी मुझे यह सिखाने के लिए कि कैसे रहा जाता है और कैसे खाना बनाया जाता है हालांकि शादी। शादी की तरह नहीं हुई थी पर फिर भी हम कोशिश करते थे कि लोगों को ऐसा ना लगे। छोटा शहर था बातें कुछ ज्यादा जल्दी फैलती थी। हम दोनों ज्यादातर समय ऑफिस में ही रहते थे रात रात भर बैठ कर काम करते थे। कभी कभी तो 2 दिन तक सोना भी नहीं हो पाता था काम को फिर से उसी मुकाम तक लाने के लिए बहुत कुछ करना पड़ता है बहुत कुछ करना पड़ा हमें भी इसलिए ज्यादातर लोगों से मिलना हो ही नहीं पाता था जो समय बचता था उसमें मैं अपनी पढ़ाई कर लिया करती थी और काम को आगे कैसे बढ़ाया जाए

इसके लिए अलग-अलग तरह के लोगों से बात किया करते थे। 6 महीने ऐसे ही निकल गए पता ही नहीं चला कब सुबह से शाम और शाम से रात हो जाती ना खाने पीने का समय था ना सोने का।काम पर ध्यान दिया धीरे-धीरे काम चलने लगा बीच-बीच में कभी-कभी नुकसान हो जाता था परेशानी आ जाती थी फिर से जीरो से शुरुआत करनी पड़ती थी। पर हम दोनों साथ थे तो सम्हाल लेते कैसे भी कमज़ोर पड़ते तो एक दूसरे को देख कर खुश हो जाते। अपनी लोअर मिडिल क्लास लाइफ अच्छे से बिता रहें थे।

<u>इस से बुरा क्या हि होगा:(।</u>

एक बार ऐसा भी हुआ पांच कंपनियों के इकलौते मालिक बड़े-बड़े शहरों में प्रॉपर्टी उनके नाम होना यह सब कुछ होते हुए भी हमारे घर में इतने भी पैसे नहीं थे कि हम दूध और ब्रेड खरीद कर ला सकें। ये वक्त कुछ सिखाने आया था और बताऊं तो बहुत कुछ सीखा कर गया। एक स्वाभिमानी इंसान के साथ रहने का और उनके साथ परेशानियां झेलने का अनुभव मेरे लिए बिल्कुल नया था। जनाब को भूखे रहना मंजूर था पर वह किसी से पैसे नहीं मांगते थे ना तो अपनी दिए पैसे किसी से मांग सकते थे क्योंकि उन्हें आदत नहीं थी ना ही अपनी मदद के लिए किसी से पैसे मांगते थे। चलिए बताती हूं हुआ क्या था।।

हुआ यह था कि किसी ने कंपनी के अकाउंट हैक कर लिऐ हालांकि पैसों की चोरी नहीं हुई थी। क्योंकि रात को 2:00 बजे के आसपास ऐसा हुआ। जैसे ही फोन पर मैसेज आया ओटीपी का जनाब ने मोबाइल देखा और हैरानी से अकाउंट चेक किए अकाउंट चेक करने पर पता चला कि कुछ ना कुछ प्रॉब्लम है तभी बैंक से फोन आया कि कोई इंटरनेशनल ट्रांजैक्शंस आपने अप्लाई की है जनाब ने मना कर दिया और अपने कस्टमर केयर को कॉल करके अपने अकाउंट को ब्लॉक करने के लिए कहा और अगले दिन पर बैंक में जाकर भी अकाउंट ब्लॉक कराने पड़े और एक नहीं सारे अकाउंट ब्लॉक कराने पड़े। शादी के वक्त जनाब ने मुझसे सिर्फ एक वादा लिया था कि इन 2 सालों में मैं अपना एक भी पैसा उनकी कंपनी या अपने ऊपर खर्चा नहीं करूंगी उनकी शर्त थी कि यह 2 साल जो हमें दोबारा से कंपनियां खड़ी करने और मुनाफे में लाने

के लिए मिले हैं इसमें जो पैसे मैंने अपने भविष्य के लिए अपनी नौकरी से जमा किए हैं मैं उनको खर्च नहीं करूँगी। पर उस दिन लगा कि मुझे अपने अकाउंट से पैसे निकाल लेना चाहिए हालांकि मैंने ऐसा किया भी उन पैसों का कोई फायदा नहीं हुआ। क्योंकि जनाब माने नहीं और उस दिन इत्तेफाक से 8 दिन हो चुके थे अकाउंट ब्लॉक कराने के बाद कुछ फॉर्मेलिटी थी जो पूरी करनी थी । इस वजह से ना हि तो हमारे पास कैश था और ना ही हम ऑनलाइन ट्रांजेक्शन कोई कर पा रहे थे बिजनेस भी इतना अच्छा नहीं चल रहा था कि लाखों-करोड़ों पड़े हों। घर से कोइ मदद नहीं ले सकते थे।जनाब अपने घर में सबसे बड़े थे वो कभी पैसे नही लेते थे घर से। इसलिए उस दिन भी घर से कोइ मदद नहीं लेनी थी। अब कुछ ही पैसे थे और वह भी आज काम नहीं आने वाले थे। तब हमने कुछ इस तरह से इंतजाम किया जो पैसे बच जाते थे खुले चेंज यह चिल्लर जो भी आप कहते हो घर के कोने कोने से उन्हें निकाला और दूध और ब्रेड आ सके इतने ही पैसे लेकर हम दुकान पर गए हालांकि इसे लिखते हुए भी उस वक्त को याद कर मेरी आंखें भरी हुई है गला सूख रहा है और आज भी वह दिन याद करके मैं सहम जाती हूं एक दिन ने मुझे यह बता दिया कि बिना पैसों के आपकी कोई औकात नहीं है हालांकि जनाब ने बहुत बहुत बुरे वक्त देखें पर मेरे लिए यह सब बिल्कुल नया था और मैंने कभी भी ऐसी कोई ख्वाहिश नहीं की थी कि मुझे ऐसे दिन देखने पड़े पर किस्मत पर मुझे इतना तो भरोसा था कि मैंने किसी के साथ इतना बुरा नहीं किया तो शायद यह दिन यह वक्त जल्दी बदल जाएगा कुछ सिखा कर जाएगा मुझे कुछ बेहतर बना कर जाएगा मुझ में कुछ बेहतरीन देकर जाएगा मैं और जनाब घर से बाहर निकले और एक दुकान पर गए हमने उसे वह जमा किए सिक्के दिए और उसने कहा कि मैं सिक्के नहीं लेता जनाब वापस आ गए जनाब चाहते तो अपने घर फोन करके पैसे मंगा सकते थे पर जिस इंसान ने उस वक्त हाथ नहीं फैलाए जिस वक्त उसके पिता की करोड़ों की प्रॉपर्टी उनके रिश्तेदारों ने ले ली हो अपनी पढ़ाई अपना काम सब कुछ अपने बलबूते पर किया वह इंसान किसी के आगे हाथ नहीं फैलाने वाला था यह मुझे पता चल चुका था जब जनाब दुकान से मेरी तरफ आए तो उनकी आखों मैं जो दर्द था वो इसलिए नही था की

दुकान वाले ने पैसे नही लिए दर्द था आज़ मेरे सामने उनको ये सुनना पड़ा उनकी आखों भर आईं जब मैंने अगली दुकान पर जाने का फैसला लिया। आपको बता दू मैं उस दिन पहली बार दुकान पर गई थीं बिना जवाब के। ये दुकान बड़ी थीं इसलिए पहले हम यहां नहीं आए सिक्के ले कर दुकान वाले ने मुझे देखा और हाल चाल पूछने लगा हर बार इतना समान लेती थी और आज सिक्के दे कर दुध ब्रेड लेने । मैंने उसके हाथ में सिक्के दिए और कहा आज बस दुध ब्रेड लेने है उसने सिक्के देखे और कहा आप इतनी बार हमारी दुकान से सामान लेकर जाते हैं आपको जो ले जाना आप ले जाइए और यह सिक्के आप अपने पास रख लीजिए ना जाने क्यों या तो वो ये बात समझ गया था कि मेरे पास और पैसे नहीं है या कुछ कहा नहीं जा सकता पर मैंने उसकी आंखों में जो देखा वह आज मुझे अच्छे से याद है मैंने दूध और ब्रेड लिऐ और वापस आ गई जनाब को बताया कि पैसे लिए बिना ही दुकानदार ने सामान दे दिया और कहा कि आप कल परसों में पैसे दे जाइएगा । हम घर गए जो खाना था वो खाया कुछ बातें की और जनाब सो गए। उनके सोने के बाद मैं दूसरे कमरे में जा कर मम्मी पापा को याद कर के बहुत रोई। पता चला कैसे कैसे उन्होंने हमें पाला होगा उस दिन से हम अपनें मम्मी पापा की और ज्यादा कदर करने लगे।

ऐसा नहीं है कि यह दिन हमारी ही जिंदगी में आया बहुत लोगों से बात करने के बाद आज जिस वक्त में किताब लिख रही हूं मैं यह बता सकती हूं कि हमारे साथ काम करने वाले 70 परसेंट लोगों की जिंदगी में जो बिजनेस करते हैं एक न एक बार ऐसा वक्त जरूर आया है।

आज तो बनता था। बारिश भी थी और सर्दियां भी और दिल दुःखी भी।

कुछ देर बाद मैं रूम में आई तो देखा जनाब जागे हुए थे उनको पता चल में अन्दर से थोड़ा ज्यादा दुःखी हूं वो मेरे पास आए और मुझे गले लगा कर कहा तुम ने कहावत सुनी हैं हर रात कि सुबह होती है हम भी जल्दी साथ मिल कर सब कुछ सही कर देगे । मैंने भी hmm बोल दिया।

हमे साथ रहते लगभग 1 साल हों गया था इस बीच बहुत बार ऐसे पल आए जब हम एक दुसरे के बहुत पास थे पर हमने वादे अनुसार

अपनी लिमिट क्रॉस नही कि पर उस दिन बात अलग थी मैंने अपनें आप को अंदर से कमजोर और टूटा हुआ महसूस किया जब जनाब पास आए तो मेरा उनकी आखों मे दिख कर ये बोल देना की आज मुझे सच में उनके प्यार की जरूरत लिमिट से थोड़ा ज्यादा है मुझे गलत नहीं लगा और उस रात हम दोनों थोड़ा और नजदीक आ गए। माना एक तरह से सही और एक तरह से गलत था पर शादी तो हुई थी पति से इतना प्यार होते हुए भी इतने दिन दूर रहते हुए वादा निभाया तो था मुझे जनाब की यही बात पसंद थी ना शादी से पहले और ना बाद में उन्होंने मुझे कभी बिना मेरी मर्जी के ना हाथ लगाया था और ना ही मुझे लगा कि उन को इस बात से फर्क भी पड़ता हैं की हमारे बीच कोई शारीरिक संबंध नहीं है ना तो उनके प्यार और ना केयर में कोई कमी मैंने मेहसूस की पर उस रात के बाद हम थोडा बहुत पास आ गए है।

है ना जनाब हीरो टाइप इन्सान। मैंने कहा था आपको भी प्यार हो जाएगा हर लड़की ऐसा हि पति चाहती है। जो उसे प्यार भी करे उसकी भावनाओं की क़दर भी करे साथ की साथ उसका ध्यान भी रखे और लड़के भी ऐसी ही बीवी चाहते है।

कुछ देर बाद हम भी सो गए। मुझे आज भी याद है अगले दिन सुबह के 8:00 बजे थे। जनाब के मोबाइल पर मैसेज आया कि अकाउंट अनब्लॉक हो गया है और अब वह पैसे ट्रांसफर कर सकते हैं उन्होंने कंपनी के अकाउंट से अपने पर्सनल अकाउंट में पैसे ट्रांसफर किए और एटीएम से पैसे निकाल कर ले आए। 1 दिन पहले हमारे पास पैसे नहीं थे और 1 दिन बाद इतने तो थे कि हम एक बार अमेरिका घूम कर वापस आ जा सकें। हंसी आ रही होगी आपको भी पढ़ कर पर हां सच है क्योंकि जब अकाउंट हैक हुआ उस दिन 4 तारीख थी और जनाब अपनी ही कंपनी से एक निश्चित दिन पर लिमिटेड सैलरी लेते थे। ये कानूनी नियम भी है। सैलरी लेने से 1 दिन पहले अकाउंट हैक हो गया था और 8 दिन तक हैकर्स के मेल का जवाब और इस समय निकलने के बाद आखिरी का जो 1 दिन था वह बहुत भारी पड़ा। क्योंकि कंपनी में रोज पैसे देने होते थे रोज कहीं ना कहीं कोई ना कोई जगह पैसों की कैश की जरूरत पड़ती रहती थी अब यह तो नहीं कहा जा सकता कि अकाउंट हैक हो गए हैं

इसलिए जो कैश यह किसी भी तरह का कहीं से भी पैसा था वह सभी उन दिनों में खर्च हो चुका था। ऑफिस आने जाने में खाने-पीने में कभी कोई ऑफिस आ जाए ऐसे बहुत से खर्चे रोज़ हो जाते थे। और कभी कभी जब जरूरत पड़ती थी तो जो घर में कैश जो रहता था कभी जरूरी या किसी इमरजेंसी के लिए रखा होता था उसे भी यूज कर लेते थे। अब सब खत्म था।

एक बात तो है इन 2 सालों ने मुझे सेविंग करना सिखा दिया अब मैं ज्यादा खरीदारी पर नहीं जाती। जरूरत से ज्यादा कपड़े नहीं खरीदती और ना ही जरूरत से ज्यादा कोई शौक रखती हूं वह दिन आज भी कभी नहीं भूल सकती और मैं भूलना भी नहीं चाहती उसी दिन को याद करके मुझे मोटिवेशन मिलता है कि जिंदगी में कभी काम करना बंद नहीं करना चाहिए।

दुखी मन से ....

चलिए अगले खतरे की तरफ बढ़ते हैं कंपनी में कुछ फ्रॉड कर्मचारियों का आ जाना डेढ़ साल हो चुका था कंपनी सही चल रही थी मुनाफे में आ रही थी धीरे-धीरे हमने दूसरी कंपनियों पर भी ध्यान देना शुरू किया। कुछ पैसे उसी में से मुंबई में प्रोडक्शन कंपनी जो बहुत लंबे समय से बंद थी उसे चालू किया और कुछ पैसे लगाए फाइनेंस पर कुछ पैसा कुछ नामी बिल्डर्स को मुंबई में दिया था। फाइनेंस कंपनी से उसमें बहुत सारे लोगों का हिस्सा था और जनाब का भी अब वह पैसे भी वापस आ गए धीरे धीरे हालात सुधरने लगे थे जैसे कि मैंने पहले बताया है कि जनाब को अपने पिता की जिम्मेदारियां भी पूरी करनी होती थी इसी बीच उनके दादा जी का देहांत हो गया उने कुछ दिन के लिए गांव जाना पड़ा उस वक्त मैंने फिर से कंपनी का सारा काम देखा और जो चोर कर्मचारी कंपनी में आ चुके थे उनके बारे में धीरे-धीरे मुझे पता लगने लगा कंपनी मुनाफे में जाने लगी पर उसी वक्त चोर कर्मचारियों ने कंपनी में इतनी बड़ी चोरी की कि फिर से कंपनी को जीरो पर आने की नौबत आ गई वक्त रहते मैंने और जनाब ने समझदारी दिखाई और कंपनी को संभाल लिया। मैं बहुत कुछ सीख चुकी थी मां बाप के साथ रहकर हम बुरे लोगों से दूर रहते हैं पर अब मेरे चारों तरफ मुझे ऐसा लगने लगा जैसे सिर्फ

बुरे लोग हैं जैसे अच्छाई है ही नहीं सिर्फ बुरे लोग जो आदर्शों के खिलाफ जाकर कुछ भी कर सकते हैं। इन 2 सालों ने बहुत कुछ दिया बहुत कुछ मैंने और जनाब ने सीखा और जाना कि कैसे मेरे बिना जनाब ने इतनी कंपनियां बनाई और उन्हें चला रहे थे पर एक मेरी गलती की वजह से इतने कमजोर पड़ गए की उनको अपनें शहर में आकर फिर से शुरुआत करनी पड़ी हालात इतने बुरे नहीं थे धीरे-धीरे सारी कंपनियां सही होने लगी और हमने सारी प्रॉफिट्स शीट लेकर घर जाने का फैसला किया। मैंने एक बात और सीखी कि लोगों को देख परख कर नौकरी देनी चाहिए क्योंकि इमानदार से ज्यादा चोर कर्मचारी कंपनियों में ज्यादा आते हैं इसलिए कंपनी का मालिक होने के नाते बहुत देख परख कर अपने खून पसीने से खड़ी की कंपनी में लोग को रखना चाहिए। लोगों को पहचानने के लिए मैंने और जनाब ने भी तरीका निकाल लिया था यह तरीका मैं हमारे देश और दुनिया भर की सभी कंपनियों को अपनी किताब के द्वारा बहुत जल्दी बताने वाली हूं। जिससे पता चलेगा कि कैसे वह देख सकते हैं और समझ सकते हैं कि जो इंसान उनकी कंपनी में काम कर रहा है उनकी कंपनी के प्रति उनके प्रति कितना ईमानदार है वह क्या उस पर भरोसा करके अपनी इमानदारी से खड़ी की थी कंपनी को सौंप सकते हैं या नहीं कैसे गूगल और फेसबुक नहीं इतनी बड़ी-बड़ी कंपनियों ने इतने ईमानदार लोगों को अपने पास रखा जो कभी धोखा करके नहीं जाएंगे। किसी से सीख कर आगे बढ़ जाना अलग बात है पर जिस से सीखा उसे ही गिराने की कोशिश करें या जिस कंपनी ने एक वक्त आपका घर चलाया उस कंपनी को डूबा कर अपनी कंपनी खड़ी करने के बारे में सोचने वाले लोग कभी जिंदगी में सफल नहीं हो पाते और ऐसा ही करने की कोशिश जब हमारे साथ हमारी कंपनी में किसी ने की तो हमने भी सोच लिया कि हमें आगे बढ़ना है नियति अपने आप उसे एकदम जमीन पर ले आएगी।।।।

9
अब शादी होगी ?

अब शादी हुई या नही ये जानें के लिऐ अपको थोड़ा इंतज़ार करना पड़ेगा । क्योंकि अभी भी बहुत कुछ बाकी था । ज्यादा लम्बी किताब हो जाएगी। हिन्दी में लिखने का कारण इस कहनी को घर घर तक पहुंचना हैं। मुझे आशा है आपको सुन कर महसूस हुआ होगा कैसा लगता है जब सब कुछ खो दो और फिर सब कुछ वापिस पाने के लिऐ क्या क्या करना पड़ता है। पर मेरी माने तो इंसान को कभी हार नही मानी चाहिए । जिंदगी मे लड़ना ज़रूरी है।

अपको मेरी कहानी पसंद आई हो तो बता जरूर दीजियेगा ।ये सच्ची है या काल्पनिक ये आप लोग सोचिए बाकी जो लोग इन 2 सालो मे हमसे मिले हैं उनके लिऐ पता करना आसान है।

#Janabaurmerikahani या हमारे facebook page Struggle Never Fail's पर हमे संपर्क करे।

Ap likha dijiyega hame mil jaega or aage kya hua janane ke liye bhi jarur likhiyega .

शुक्रिया

लास्ट में किताब लिखने में और हिंदी लिखने में किताब की प्रूफ रीडिंग करने में मेरी हेल्प करने के लिए मेरे पतिदेव को बहुत बहुत बहुत सारा थैंक यू।

www.ingramcontent.com/pod-product-compliance
Lightning Source LLC
LaVergne TN
LVHW042003060526
838200LV00041B/1860